誘拐された西欧、あるいは中欧の悲劇

ミラン・クンデラ
Milan Kundera

a pilot of wisdom

目次

文学と小民族

解説

ジャック・ルプニク

作家大会は党大会よりも重要であり、少なくとも記憶に残るものである。共産主義のチェコスロヴァキアで党大会は頻繁に行なわれたが、どれも似通ったものだった。作家大会では予測できないことが起こり、権力と社会の関係を根底から変える前触れとなることがしばしばあった。

時代の転換を告げる言葉が作家大会で発せられることもあり、今日、それらを再読することは特別な響きを引き起こす。私たちが想《おも》い起こすのは、一九六七年五月、モスクワでソルジェニーツィン[*1]が検閲を告発した文章であり、それはのちにギー・ベアール[*2]に刺激を与え、「詩人は真実を口にした、そして処刑されなければならない……」

という優れた歌が生まれる契機になった。あまり知られていないのが、一カ月後の、プラハの作家大会で発せられた衝撃的な演説の数々であり、その先陣を切ったのがミラン・クンデラであった。

当時、ミラン・クンデラは、戯曲『鍵の所有者たち』（一九六二年）、短篇集《たんぺん》『可笑《おか》しい愛』（一九六三、一九六五年）、そしてとりわけ、（作家大会が行なわれた）一九六七年に刊行された『冗談』によって、作家としてすでに成功を収めていた。長篇小説『冗談』は一つの時代の幕開けと終わりを告げるものであり、チェコの読者にとって、いやチェコの読者だけではないが、一九六八年の春の出来事に関連付けて受け止められていた（原注1）。映像学部（FAMU）[*3]で教鞭《きょうべん》を執っていたクンデラは、文学（フラバル[*4]、シュクヴォレツキー[*5]、ヴァツリーク[*6]……）、演劇（ハヴェル[*7]、トポル[*8]）、とりわけ、映画のヌーヴェル・ヴァーグ（フォルマン[*9]、パッセル[*10]、メンツェル[*11]、ニェメッツ[*12]、ヒチロヴァー[*13]……）など、文化面での創造性が開花し、独創性や多様性が見られた時代を代表する人物の一人となった。市場の制約を受けることなく、体制のイデオロギー的な制約から徐々に脱却しつつあった一九六〇年代について、クンデラはチェコ文化の「黄金時代」と見なしているが、それは理由なきものではなかった。この観点から見ると、一九六八年の「プラハの春」は、政治的な次元に限定されるものではなく、二十五万部の部数を誇る、作家たちによる週刊紙『リテラールニー・ノヴィニ（文学新聞）』が発売当日に完売になる状況が十年間続き、その間、文化の解放が政治構造の解体を加速させた結果を踏まえることで初めて理解できるものである。

一九六七年六月の作家大会は、懸念を抱いた当時の権力側が支配権を取り戻そうとしたため、作家と権力が対峙《たいじ》する劇場となった。その発端は、一九六三年、リブリツェでのフランツ・カフカ会議*14であり、同会議は「社会主義リアリズム」を象徴的に葬ってしまった。没後約四十年が経過したプラハのユダヤ系ドイツ語作家の作品は『訴訟』を筆頭に、チェコの読者には異なるリアリズムを想起させ、それは、「城」の居住者である、共産党および国家のトップであるアントニーン・ノヴォトニー*15を動揺させた。

　一九六七年の作家大会にはいくつものハイライトがあった。まず、作家パヴェル・コホウト[16]は、ソ連作家同盟に宛てたソルジェニーツィンによる有名な書簡を読み上げる前に、六日戦争でソ連ブロックが反イスラエルの政策を取ったことを批判する。それは、党のイデオロギーの正当性を監視するイジー・ヘンドリフ[17]にとって大打撃であったため、かれは突如会場から退出し、去り際にクンデラ、プロハースカ[18]、ルスティク[19]のいた壇上の裏手で「君たちの負けだ、すべてに負けている！」とあの有名な言葉を発する。翌日、今度は、小説『斧《おの》』の著者であり、『リテラールニー・ノヴィニ』の編集者の一人であったルドヴィーク・ヴァツリークの出番であった。ヘンドリフの発言に激怒したかれは、許容されうるあらゆる慣習を侵し、問題の本質を単刀直入に指摘する。「すべてのことを決定しようとする一握りの人々」によって権力が掌握されていると述べ、検閲、さらには憲法にも批判の矛先を向ける。両者は完全に断絶状態となったのである。

もちろん、政治史は、作家と権力の明白な対立を記憶に留《とど》めている。一九六七年夏の作家たちの一時的な敗北、そして、一九六八年春の（また一時的な）勝利。かたや思想史が記憶するのは、とりわけミラン・クンデラによる作家大会冒頭での演説である。他の仲間たちと同様に、クンデラも検閲を批判するが、創造性の自由という主題を、観点を変えて扱っている。歴史的な視点を取りながら、その存在が「自明ではない」チェコ民族の運命について問いかける。ビーラー・ホラの戦い[*20]（一六二〇年）後にエリート層が殲滅《せんめつ》され、ドイツ化が二世紀にわたって続いたことに触れたのち、作家フベルト・ゴルドン・シャウエル[*21]が十九世紀末に提起した挑発的な問いかけに戻る。高い文化を備えた言語を取り戻すためにチェコ人が尽力していることは、本当にそれだけの価値があるのか？　はるかに発展し、はるかに影響力のあるドイツ文化に溶け込んだ方が好ましいのではないか？　およそ一世紀ののちに、クンデラは修辞的に同じ問題に回帰して、かれなりの答えを提示する。民族が正当化されるのは、ヨーロッパ文化およびその諸価値に対して、独自の貢献をすることによってのみだ、と。換言すれば、特殊性による普遍性である。一九六〇年代のチェコ文化に見られる活力は、この野望、もしくは賭けを正当化しうるように思われた。というのも、民族の存在を左右する文化の飛躍は、自由がその条件となっているからだ。文化の自律性および精神の自由の擁護を訴えることは、クンデラが「破壊者」と呼ぶ検閲を行なうイデオロギー信奉者に対する挑戦となった。権力の手から文化の解放を試みる動きは、明らかに政治的な次元を帯びることになったのである。

だがクンデラが一九六七年に扱った問いかけは、「二十世紀後半において開かれた統合の広範な可能性」における小民族の運命という他の次元をかれが予期したことで、きわめて現代的な響きを帯びている。

「統合のプロセスは小民族をすべて呑《の》み込む危険があり、小民族は、文化の活力および独自性でしかその流れを防ぐことはできない」(原注2)。「二十世紀、二十一世紀の統合プロセスの非暴力的な圧力」を阻止することは、かつてのドイツ化に抵抗したとき以上に困難さを増しているように思われる。

このようにして、チェコ文化の特殊な位置に関する疑問は、中欧における小民族の運命をめぐるクンデラの考察として継承され、グローバル化しつつあるヨーロッパのジレンマを伴う側面を予期するものとなっている。それはまた、一九六七年の作家大会でのクンデラの演説と、一九八三年に『ル・デバ』誌で発表された評論「誘拐された西欧、あるいは中欧の悲劇」を結ぶものでもある。

【原注】

（1）フランス語訳は、一九六八年八月にソ連が侵攻した翌日にガリマール社から刊行された。

（2）アントニーン・リームとミラン・クンデラの対話より。『三つの世代　チェコスロヴァキアの文化現象をめぐる対話』、序文はジャン＝ポール・サルトル、パリ、ガリマール社、一九七〇年。一九六七年の作家大会の直前に行なわれたこの対話は、おそらく今なお、知識人としてのミラン・クンデラの自画像の最良のものであり続けている。〔訳注　同書は日本語にも訳出されている。アントニーン・リーム『三つの世代』（飯島周訳、みすず書房、一九七〇年）〕

文学と小民族

チェコスロヴァキア作家大会での演説（一九六七年）

親愛なる友人の皆さま、いかなる民族もこの地上において永遠に存在しているわけではなく、また民族という概念そのものも比較的新しいものであるにもかかわらず、多くの民族はその存在を、神や自然から古来与えられた自明の運命として感じている。そのような民族にとっては、文化、政治体制、しばしば国境でさえも、人間の手による作品として、つまり、問いかけや課題として捉えられているが、民族の存在そのものは、いかなる疑問も提起されない既定のものである。死者の待合室さえも通過したチェコ民族がたどった歴史は、幸せとはほど遠い、断絶の多いものであったため、私たちがこのような錯覚に身を委ねることはなかった。チェコ民族の存在は一度たりとも自明であったことはなく、まさに自明でないことがその最も顕著な特徴である。

そのことが最も明確に現れたのが十九世紀初頭であり、当時、一握りの知識人たちは半ば忘れられていたチェコ語の復活を試み、次の世代は半ば絶滅しかかっている民族の復活を試みたのである。この復活の試みはある意図にもとづく行為であり、あらゆる行為がそうであるように、賛成と反対のあいだで行なわれる選択である。チェコの民族再生期[*22]の知識人たちは賛同する決心をしていたが、反対の選択を下す重みも理解していた。例えば、マトウシュ・クラーツェル[*23]が述べたように、ドイツ化によってボヘミアの住民の生活は楽になり、より実践的な機会が子供たちに提供されることも承知していた。同様に、大きな民族に帰属すれば、精神的な作業をするうえでより大きな場や活動範囲がもたらされることも分かっており、他方、クラーツェルの言葉を引用するが、チェコ語によってなされた学問は「丁寧な仕事であっても、その評価は限られる」。かれらは、ヤーン・コラール[*24]が述べたように「まるで半分しか、考えたり、感じたりしていない」小民族の不利益も分かっており、その教養もまた――今一度、コラールを引用する――「とるに足らぬ、弱々しいものである。それは生きておらず、ただ息をしているだけ、成長もせず、花も咲かせず、ただ植生しており、木をもたらさず、ただあるのは茂みだけ」。

賛成と反対の根拠を十分に意識することは、「生か死か、そしてなぜ生なのか？」という近代チェコの問いかけの基礎をなす。民族再生期の人々が生を選択したことは、未来への大いなる呼びかけとなった。民族再生期に下した選択が正しかったことを歴史の過程で証明しなければならないという課題を人々に課したのだった。

一八八六年、フベルト・ゴルドン・シャウエルが、小ささに快く甘んじているチェコの若者たちの顔に物議を醸す問いを投げかけたのは、チェコの存在の本質をなす非自明性を考えれば理に適《かな》ったものであった。芽を出したばかりのチェコ民族より、はるかに高いレベルにある大きな民族の文化に知的なエネルギーを注いだ方が人類への貢献となるのではないか？　民族再生に費やされた労力はその価値があったのか？　民族の文化的価値は正当化できるほど大きなものだろうか？　もう一つの問いかけはこうである。仮に民族が主権を喪失するような事態になっても、その価値を守れるだろうか？

細々と暮らすだけで満足しているチェコの地方主義者は誤った確信に対する問題提

起を民族への攻撃と捉え、シャウエルを追放した。だが、それから五年後、頭角を現したばかりの批評家シャルダ[*25]はシャウエルを自身の世代で最も偉大な人物と評価する。かれの論考を、最も本来の意味において愛国的な営みであると述べた。シャルダは間違っていなかった。シャウエルは、民族再生期の偉大な人物が皆知っていたことを先鋭化して述べたにすぎなかった。フランチシェク・パラツキー[*26]は、このように書いている。「我が民族の精神を、近隣の民族よりも上方の高貴な営みへと高めることができなければ、私たちという自然な存在ですら擁護できない」。ヤン・ネルダ[*27]はこう述べる。「我々には、この民族を、世界の人々に意識される世界的な教養の高みにまで引き上げる義務があり、その評価を確実にするだけではなく、生存も確実なものとしなければならない」。

民族再生期の人々は、民族の存在をめぐる問いかけを、民族がつくるべき文化的価値によって条件づけた。それらの価値の基準を、民族に直接関係する有用性ではなく、当時よく言われていたように、全人類的なものになるかどうかで測ろうとした。かれらは、世界の一部、ヨーロッパの一部になることを望んだのである。これに関連して、他の文学には見られない稀有《けう》な類型を生み出したチェコ文学の特殊性に触れたい。それは、重要な、時に指導的な役割を担う文学者としての翻訳者という類型である。というのも、全体を見ると、ビーラー・ホラの戦い以後の世紀の主要な文学者は翻訳者ばかりだったからだ。エラスムスを世界で初めて訳したイエレニーのジェホシュ・フルビー[*28]、さらにはヴェレスラヴィーンのダニエル・アダム[*29]、そしてヤン・ブラホスラフ[*30]。民族再生期のチェコ語の基礎となったのは、栄えあるヨゼフ・ユングマン[*31]によるミルトンの翻訳であり、今なお、我が国の翻訳文学は世界で最良のものの一つであり、翻訳家たちは我が国の文学者のなかでも重要な位置を占めている。翻訳が果たす重要な意義は明らかである。まず、チェコ語は翻訳を通して形成されたことで、ヨーロッパの専門用語を完備した、十全たるヨーロッパ言語として完成を見た。次いで、チェコ人たちはまさに翻訳文学を通して、チェコ語で書かれたヨーロッパ文学を形作り、その文学はチェコ語を通して読むヨーロッパ読者を形成したのである。

古典と呼ばれる歴史を有するヨーロッパの大きな民族にとって、ヨーロッパという文脈は自然なものである。だが、チェコ人は歴史のなかで目覚めの時間と眠りの時間を繰り返し、ヨーロッパ精神の本質的な発展段階において後れを取り、ヨーロッパという文脈をみずから仲介し、習得し、形成する必要があった。チェコ人にしてみれば、自明に与えられるものは何もなく、自身の言語も、そればかりかヨーロッパ性もそうであった。かれらのヨーロッパへの帰属もまた、永遠の問いかけとなっている。チェコ語をヨーロッパの単なる方言とさせるのか——その文化をヨーロッパの単なるフォークロアとさせるのか——あるいは、意義あるヨーロッパ民族の一つになるか。

現実の生を保証するのは後者の選択肢だけであるが、それを実現するには、十九世紀のあいだたえず、中等教育から百科事典にいたるまで、基礎を形成するためにすべての労力を費やさなければならず、異常なまでの困難を伴った。だが二十世紀初頭、とりわけ二つの大戦のあいだの時期に、疑いなくチェコ史上かつてない文化的な飛躍が生じる。わずか二十年のあいだに、目眩《めまい》をおぼえるような短い期間に、コメンスキ

[*32]ーの時代以降で初めて、独自性を保ちながらチェコの文化をヨーロッパ的な高みに引き上げた天才的な人々の一団がいた。

この短いながらも強烈な偉大なる時代に今なお郷愁の念をおぼえるが、それは成熟の時代というよりも若年の時代だった。当時のチェコ文学は圧倒的に抒情《じょじょう》的な特徴を有し、ようやく発展を見せたばかりであったため、必要とされていたのは、落ち着いた、連続した長い時間だけだった。そのようなときに、あまりにも繊細な文化の発展がまずは占領によって、ついでスターリニズムによってほぼ四半世紀にわたって中断し、世界からの孤立を招き、多様な内的発展が制限され、不毛なプロパガンダの次元に没してしまうことは、チェコ民族を再度――かつ決定的に――ヨーロッパの文化的辺境へ追いやる悲劇に他ならなかった。この数年間、チェコ文化が息を吹き返し、民族の活動の中で疑いもなく今日最も成功を収めた領域となり、チェコ映画に見られるように傑出した作品や芸術が多数輩出されているとしたら、それは近年で最も重要な民族的な出来事だと言える。

だが、我が民族の共同体はその点を意識しているだろうか？　戦間期文学の偉大な若年の時代と再び関係を結ぶ可能性があり、それが二度とない機会であることを意識しているだろうか？　文化の運命は民族の運命と同義であることを意識しているだろうか？　あるいは、力強い文化的な価値なくしては民族の存在は保証されないという民族再生期の人々の意見はもはや通用しなくなったのだろうか？

民族再生期以降、我が民族における文化の役割は変化を遂げ、他の民族からの圧力の危険に脅かされることはほとんどない。それでも、文化は、我が民族を正当化し、保証するという意義を今日なお失っていないと私は思っている。二十世紀後半、統合という大きな展望が開かれた。人類の発展は一つの歴史として初めて結びついたのである。小さな存在はより大きな存在に結びつけられる。国際的な文化交流は集中し、統一に向かう。マス・ツーリズムが生じる。それによって、世界の主要言語の役割が高まり、あらゆる生活がますます国際的になっていくにつれ、小民族の言語が使われる範囲はますます限定的となっている。以前、ベルギーのフランデレンの演劇関係者と話す機会があったが、かれによれば、二言語話者となったフランデレンの知識人は国際的な学術界と直接交流するため、母語よりも英語を優先するようになっており、自分たちの言語が危機に瀕《ひん》していると不平をこぼしていた。このような状況において、小民族がその言語および独自性を維持できるのは、言語の文化的意義によってのみであり、その言語が生み出し、結びついている唯一無二の価値によってのみである。プルゼンのビールはたしかにそれだけで価値がある。だが、それはピルスナー・ウルケルというドイツ語の名称で飲まれている。プルゼンのビールは、チェコ人が固有の言語を有しているという主張を裏付けるものにはなっていない。将来、世界の統一が進み、百五十年前に私たちが選んだこの存在が正当であるか、そして、なぜ私たちはそれを選んだのかと手厳しくかつきわめて妥当なことが問われることになるだろう。

民族共同体全体がその文化と文学の重要な意義を意識することほど肝要なものはない。チェコ文学には――じつは、もう一つの特徴だが――貴族的な点がほとんどなく、それは広範な大衆と結びついた平民的な文学である。そこには、強みと弱みがある。

強みは言葉が力強く響く強固な土壌があることであり、弱みは、チェコ文学が十分に解放されておらず、大衆、その教育レベルや雅量に過度に依存しているため、無教養ぶりを晒《さら》しかねないことである。チェコの人文主義者や民族再生期の人々が持ち合わせていたヨーロッパ的な性格を、私たちの教養は失いつつあるのではないかと不安をおぼえることがある。古代ギリシア・ローマとキリスト教はヨーロッパ精神の基礎をなすものだが、若いチェコの教養人からは完全に欠落しており、それは取り返しのつかない大きな喪失である。というのも、思想上のあらゆる革命を乗り越えて継続しているヨーロッパ思想には鉄のような連続性があり、それは語彙、専門用語、寓意《ぐうい》、神話、主題を造り出しており、これらの知識なくしてヨーロッパの教養人は互いに理解できないからだ。チェコ語の教師を希望している者たちの世界文学に関する知識を記した衝撃的な資料を先日目にしたが、かれらが有している世界史の一般的な知識については知る気にもなれない。地方的な偏狭さは、文学の動向を示しているだけではなく、何よりも、民族全体の存在に関する問題、とりわけその教育制度、報道などにも見られる問題となっている。

先日、私は『ひなぎく』という映画*33を観《み》た。魅力的なまでに不快感を催す二人の娘を描いているが、彼女たちは、可愛《かわい》らしい狭隘《きょうあい》さにすっかり満足し、自分たちの地平の外にあるものは手あたり次第、陽気に破壊する。私が見るに、破壊主義の射程を広くした現在進行中の寓話のように思えた。破壊者とは何者か？　それは、怒りのあまり、憎き地主の家に火をつける無学な農民のことではない。私の周囲で見かける破壊者は社会的に安定しており、読み書きもでき、自己に満足し、何か特別なものに報復したいという対象もない。破壊者とは誇り高い狭隘な人物のことであり、自己に満足しており、何かがあるたびに、自身の民主的な権利を主張する。この誇り高い狭隘な人物は、自分のイメージにもとづいて世界を作り変える権利を持っていると考えている。というのも、世界には本人の想定を超えるものがあまりにも多くあるため、世界を破壊しながら自分のイメージにあわせようとしていくからだ。それゆえ、若者は公園で彫刻の頭を叩《たた》き落とす。その彫刻は若者の人間的な尺度を越えているため、満足感をおぼえながら彫像を壊す。なぜなら、どのようなものであっても、自己肯定は人間に満足感をもたらすからだ。直接関与する現在にのみ生き、歴史的連続性を意識することもなければ、文化も知らない者は、祖国でさえも、歴史や記憶もない、反響も美しさもない砂漠に変えることすらできる。今日の破壊主義は、警察が介入しうる形を必ずしも取っていない。市民の代表者や有能な公務員が、彫刻（あるいは城館、教会、古い菩提樹《ぼだいじゅ》）が無駄であるとして撤去を指示するとしたら、それは、同じ破壊主義が別の形を取っているにすぎない。合法的な破壊と非合法的な破壊のあいだに本質的な差異はなく、破壊と禁止のあいだにも本質的な差異はない。先日、議会ではチェコのある国会議員が二十一名の議員との連名で、真剣に制作され、かつレベルの高いチェコ映画二作品[*34]の上映禁止を求めるよう要請を出したが――運命の皮肉であろうか――そこには、破壊主義の寓話となっている、あの『ひなぎく』も含まれていた。議員は二本の映画を徹底的に非難していたが、同時にそれらの映画が理解できないともはっきりと述べていた。このような姿勢の矛盾は表面的なものでしかない。二作品の映画の主たる罪は、これらの映画が観察者の地平の外にあり、それによって気分を害した点にあった。

ヴォルテール[*35]はエルヴェシウスに宛てた書簡のなかで、素晴らしい一文を記している――「君が言っていることには賛同しないが、君が発言する権利を僕は死ぬまで保証する」。これこそが、近代文化の基礎をなす倫理原則の公式である。この原則から歴史的に後退しようとする者は、近代から中世へ歩みを進めることになる。見解に対するいかなる形での抑圧も、ましてや、見解が正当でないからといって暴力を用いて抑圧することは、結果的に真実に反するものとなる。なぜなら真実は、同等で自由な見解の対話の中でのみありえるもので、それは同等で自由でなければならないからだ。思想の自由に介入することは――どのような形であれ――二十世紀においてはスキャンダルであり、発展しつつある文学にとっては足枷《あしかせ》でしかない。

一つ明白なのは、我々の芸術が繁栄しているとすれば、それは、精神的な自由が拡大したからである。この瞬間のチェコ文学の命運は、精神的な自由に大きく依存している。自由という言葉が発せられるだけで苛立《いらだ》ちをおぼえて、社会主義文学の自由には限界があるのは当然だと言い出す人がいるのは分かっている。とはいえ、同時代の知識、教養、偏見などによって、すべての自由に限界があるのも事実である。ただ、新しい進歩的な時代は限界によって定義されることはない！　ルネサンスはその合理主義のナイーヴさによって定義されたのではなく――それは歴史的な距離を置いて明らかになっている――、これまでの境界を理性的に越境したことによって定義されたのである。ロマン主義も古典主義的カノンの境界を越境し、そしてその境界の先で獲得した新しい内容によって自身を定義していた。社会主義文学という言葉も同じ解放的な越境を意味しなければ、肯定的な意味を持つことはないだろう。

だが、我が国では、境界を越えることよりも、境界を越えないよう監視することの方が優先されている。今日の複雑な社会・政治環境が、精神的な自由を制限する正当な理由とされている。しかしながら、偉大なる政治は、目の前の利益よりも、本質的な利益を優先させる。チェコ文化の偉大さは、チェコ民族に本質的な利益をもたらす点にある。

今日、目の前に特別な機会が広がっている。十九世紀、我が民族は世界史の周縁で生きていた。だが今世紀は世界史の中心に位置している。よく知られているように、歴史の中心にいることは決して楽なものではない。しかし芸術という奇蹟《きせき》的な土壌において、困難は豊饒《ほうじょう》さへと変わる。例えば、この地におけるスターリニズムの苦々しい体験は、逆説的なことに、他に替えのきかない財産となるだろう。ファシズムとスターリニズムを等号で結びつけるのを、私は好まない。あからさまな反ヒューマニズムにもとづくファシズムは、倫理的にはきわめて単純な状況を作り上げた。というのも、ファシズムは人間らしい原則や道徳のアンチテーゼであったため、それらに言及することがない。それに対し、スターリニズムは偉大なヒューマニズムの運動を継承していたため、スターリンの脅威があった内部でも、独自の姿勢、思想、標語、言葉、夢を数多く維持していた。このようなヒューマニズムの運動が目の前で正反対なものへと転換し、あらゆる人間らしい徳を引きずり出す様子を、人類への愛が人類への残酷さに変貌し、真実への愛が糾弾に変わる様子を見ることで、人間の価値や徳の本質に対する信じがたい視点がもたらされる。歴史とは何か、歴史における人間とは何か、人間とはいったい何か。この体験をする前と後では同じように答えることはできない。このような歴史に足を踏み入れたあとでは、踏み入れる前と同じ姿で外に出ることはできない。それはもちろん、スターリニズムに限った話ではない。民主主義、ファシズム的な隷従、スターリニズム、社会主義のあいだで繰り広げられたこの民族の物語は（きわめて独自な民族の問題によってさらに複雑になり）、二十世紀を二十世紀たらしめる本質的なものをすべて含んでいる。そのため、この長旅を体験しなかった者よりも、私たちの方がより本質的な問いを投げかけ、より意義深い神話を生み出すことができるかもしれない。

この世紀において、我が民族は他の民族よりも多くのことを体験し、覚醒した天才がその中にいればより多くのことを知っているだろう。より多くの知識により、これまでの境界を解放して越えること、人間およびその運命についての従来の知識の境界を越えることができるようになり、チェコ文化に意義、成熟さ、偉大さがもたらされるだろう。だが目下のところあるのは、むしろ好機や可能性であり、ここ数年に生み出された作品の多くはこの機会を現実のものにしていることを示している。

だが、今一度問わなければならないだろう。私たちの共同体は、このような好機を十分に意識しているだろうか？　それが、自分たちの好機であることを知っているだろうか？　歴史において好機は二度訪れないことを知っているだろうか？　この好機を逃せば、チェコ民族にとっての二十世紀を棒に振ることを理解しているだろうか？

パラツキーは書いている。「民族を死滅させず、今一度復活させ、努力すべき高貴な目的を設定したのがチェコの作家たちであったことは、一般の人々の声を通しても認められている」。チェコの作家たちは、自身の民族に対して責任を負っており、今なお負っており、というのも、相当程度、民族の存続をめぐる問いかけに対する答えが、チェコ文学の水準如何《いかん》であること、つまり、チェコ文学が大きいか小さいか、勇敢であるか臆病であるか、地方主義的なものであるか全人類的なものであるかという点にかかっているからだ。

民族の存在にはいったい価値があるのか？　民族の言語は存在する価値があるのか？　この民族の近代的な存在の基礎に投げかけられた基本的な問いかけは、その最終的な回答を待ち受けている。なぜなら、自身の偏狭さ、破壊主義、非文化性、狭量さによって、今起きつつある文化的な発展の足を掬《すく》うことは、民族の存在そのものの足を掬うことと同じだからである。

誘拐された西欧、あるいは中欧の悲劇

解説

ピエール・ノラ

この評論は、一九八三年十一月、『ル・デバ』誌（二十七号）に掲載されるやいなや、ヨーロッパの多くの言語に翻訳され、その簡潔さにもかかわらず、衝撃をもたらした。二十頁ほどの文章は、東欧では、ドイツやロシアを中心にさまざまな反応、議論、論争を引き起こし、西欧では、ジャック・ルプニクによれば、一九八九年以前の「ヨーロッパの心象風景を作り直す」ことに貢献した——それでは、これらの頁の何がそれほどの爆発をもたらしたのだろうか？

中欧が東欧圏の一部としてしか西欧では見なされなかった時代において、中欧が全域にわたって文化では西欧に属していること、そして歴史や政治的な存在が十分保証されていない「小民族」（ポーランド、ハンガリー、チェコスロヴァキア）にとって、過去も現在も、文化そのものがかれらのアイデンティティの聖域であることを、クンデラは強く想い起こさせてくれたのである。

一九六〇年代のチェコスロヴァキアの美術、文学、映画の刷新を通して、教養を育んだクンデラは「プラハの春」が準備されてゆく様相を文化の活力に見出《みいだ》していた。それは、エリートの専有物ではなく、人々が集う生気あふれる価値としての文化である。中欧全体の文化遺産をめぐる考察を、一九五六年のハンガリーの「崇高な」動乱、一九五六、一九六八、一九七〇年のポーランドの反乱にまで広げている。中欧、それは「最小限の空間における最大限の多様性」であると。

中欧の悲劇は、中欧に視線を注がないばかりか、中欧が消失したことにも気づかない西欧の悲劇と重なり合うが、どの程度の広がりがあるか測ることもできない。というのも、もはや文化的次元で考えていないからである。西欧の統一的特徴は中世ではキリスト教に、近代では啓蒙《けいもう》にもとづいている。だが、今日はどうであろうか？　市場と情報テクノロジーに関連づけられた娯楽文化に取って代わられている。では、この評論がヨーロッパのプロジェクトに意味をもたらすとしたら、それはどのような点においてであろうか？

このテクストの価値は、説得力があるという点だけではなく、ヨーロッパ最大の作家の一人として頭角を現しつつあった著者のきわめて個人的で、不安が漂う声にもあった。

「誘拐された西欧、あるいは中欧の悲劇」は、フランスの知識人の教養においても決定的な役割を果たし、例えば、アラン・フィンケルクロートはユーゴスラヴィア紛争の折に『思考の敗北』（一九八七年）で「小民族」を擁護し、同年、雑誌『ヨーロッパのメッセージ』の創刊にいたった。ゆっくりと時間をかけて、この評論は東側の国々を含むヨーロッパ拡大に関する精神を準備したのである。中欧の国々が自国の歴史遺産そして文化アイデンティティに忠実であり続けようとした決意の中に、この評論の影響が今もなお生き続けていることを知る者はどれほどいるだろうか？

誘拐された西欧、あるいは中欧の悲劇（一九八三年）

1

一九五六年十一月、迫撃砲によって職場が破壊される数分前、ハンガリーの通信社の編集長は、ロシア人がその日の朝ブダペスト攻撃を開始したことを告げる絶望的なメッセージをテレックスで全世界に送っている。電信文はこう結ばれていた。「私たちはハンガリーのために、そしてヨーロッパのために死ぬのです」。

この一文が意味するものは何であろうか？　もちろん、ロシアの戦車によって、ハンガリーが脅威に晒され、同時にヨーロッパも脅威に晒されていると伝えようとしていた。だが、ヨーロッパが脅威に晒されているとは、どのような意味においてであろうか？　ロシアの戦車はハンガリー国境を越えて、西側に向かおうとしているのか？　いや、そうではない。ハンガリーの通信社の編集長は、ハンガリーへの攻撃はヨーロッパを狙ったものであると述べたかったのである。かれは、ハンガリーがハンガリーであり続けるために、そしてヨーロッパがヨーロッパであり続けるために命を捧《ささ》げる心構えができていた。

先の一文の意味が明らかになっても、なお違和感が残る。ここフランスあるいはアメリカでは、問題となっているのが、ハンガリーでもなければ、ヨーロッパでもなく、政治体制の事柄にすぎないと考えられていたからだ。ハンガリーが脅威に晒されていると言う者はおそらくいないだろうし、それにもまして、死に直面したハンガリー人がヨーロッパに呼びかける姿は理解されないだろう。ソルジェニーツィンが共産党の抑圧を告発するにあたり、ヨーロッパは死を賭けても守るべき基本的な価値であると訴えることなどあるだろうか?

それは決してない、「自国のために、そしてヨーロッパのために死ぬ」ことは、モスクワやレニングラード［訳注　現・サンクトペテルブルク］では想定できない。それができうるのは、ブダペストあるいはワルシャワなのである。

2

では、ハンガリー人、チェコ人、そしてポーランド人にとって、ヨーロッパとは何か？　これらの民族はその揺籃《ようらん》期からローマ教会に基盤を置くヨーロッパの一部だった。その歴史のあらゆる段階にこれらの民族は関与していた。かれらにしてみれば、「ヨーロッパ」という語は地理的な現象ではなく、「西欧」と同義の精神的概念である。ハンガリーがもはやヨーロッパでなくなってしまうと、つまり、西欧でなくなってしまうと、自分自身の運命や固有の歴史から切り離されてしまう。そればかりか、自己のアイデンティティの本質をも喪失してしまうのだ。

地理上のヨーロッパ（大西洋からウラル山脈にいたる）はつねに二分され、それぞれ独自に発展を遂げてきた。一方は古代ローマとカトリック教会に結びつき（ラテン文字がその特徴である）、もう一方はビザンツと正教に基盤を置いている（キリル文字がその特徴である)。一九四五年以降、二つのヨーロッパを分かつ境界線は数百キロほど西へ移動し、自分たちは西欧だと思っていたいくつかの民族は、ある朝目覚めると、自分が東側にいることに気づいたのだった。

その結果、戦後のヨーロッパに三つの基本的な状況が生まれた。西欧の状況、東欧の状況、そして地理的には中央に位置し、文化的には西側に、政治的には東側に位置する、最も複雑なヨーロッパの状況である。

中欧と私が呼ぶ、この矛盾を抱えた地域の状況を踏まえれば、過去三十五年にわたって、ヨーロッパの劇的な出来事がなぜここに集中しているか理解できるだろう。一九五六年、大規模なハンガリー蜂起、引き続いて起きた血まみれの殺戮《さつりく》。一九六八年の「プラハの春」とチェコスロヴァキア占領。一九五六、一九六八、一九七〇年、そして近年のポーランドでの反乱。その劇的な内容ばかりか、歴史的な影響という点においても、東西問わず、地理的なヨーロッパで起きていることのうち、このような一連の中欧での抵抗運動に比肩するものはない(原注3)。これらの抵抗運動のいずれもが、ほぼすべての民衆から支持されていた。ロシアが背後にいなければ、それぞれの国の体制は三時間ともたなかっただろう。つまり、プラハやワルシャワで起きた出来事は、その本質において、東欧、ソ連圏、共産主義の悲劇ではなく、中欧の悲劇として捉えるべきなのである。

実際のところ、ほぼすべての国民に支持されたこれらの抵抗運動はロシアでは考えられないものである。共産圏の最も安定した国として知られるブルガリアにおいても、そのようなことは考えられない。なぜか？ ブルガリアはその起源から東側文明の一部であり、また正教会の初めての宣教師の幾人かはブルガリア人だったからである。先の戦争の結果、ブルガリア人が体験した政治変化はきわめて大きく、不本意なものであったが（ブダペスト同様、この地の人権も侵害されている）、チェコ人、ポーランド人、ハンガリー人が感じるような文明上の衝撃はない。

【原注】

（3）これらの抵抗運動に、一九五三年のベルリンで起きた労働者の蜂起を加えることはできるだろうか？　できるかもしれないし、できないかもしれない。東ドイツの運命は特殊な性格を帯びている。二つのポーランドは存在しえない。それに対し、東ドイツはドイツの一部であり、民族としての存在は脅かされてはいない。その一部はロシアの手中で人質となっているため、西ドイツとソ連はきわめて特殊な政策を取っている。だが中欧では適用されていないため、いつの日か、西ドイツとソ連の犠牲になるように私には思えてしかたがない。そのことが、東ドイツと他国のあいだで自然な共感が生まれない理由となっている。ワルシャワ条約機構の五カ国の軍隊がチェコスロヴァキアを占領した際、それは明らかだった。ロシア人、ブルガリア人、東ドイツ人は強硬で恐れられていた。それに対して、ポーランド人とハンガリー人は占領に賛同せず、あからさまにサボタージュを繰り広げるためにありとあらゆることを行なっていて、私はそのような挿話をいくつも語ることができる。ポーランド・ハンガリー・チェコの共謀関係、それに、熱狂的な支援を見せたオーストリア、反ソヴィエト的な怒りの嵐が国中を席捲《せっけん》したユーゴスラヴィアを付け加えれば、チェコスロヴァキアの占領は、中欧という伝統的な空間を突如として、かつ驚くほど明確に出現させたと言えるだろう。

3

民衆や文明のアイデンティティは一般に「文化」と呼ばれる精神的な創造行為の全体に反映され、縮約される。仮にこのアイデンティティが致命的な脅威に晒されるのであれば、文化の生気はむしろ強度と激しさを増し、文化は人々が集う生命力を帯びた価値となる。そのため中欧での抵抗運動はいずれも、同時代人による創作とならび、文化的記憶が、他の場所では見られないような、かつヨーロッパの民衆による抵抗運動では見られないほど重要で決定的な役割を担ったのである（原注4）。

ロマン主義の詩人ペテーフィ*36の名前を冠するサークルに集った作家たちはハンガリーでの大規模な批判的な考察を始め、かれらが一九五六年の動乱の導火線を準備した。「プラハの春」に見られる自由を強く求める解放を目指し、何年も準備を進めてきたのが、演劇、映画、文学、そして哲学だった。一九六八年、かの有名なポーランドの学生たちの蜂起の引き金となったのは、ポーランド最大のロマン主義詩人ミツキェーヴィチ[*37]の戯曲の上演が禁止されたことだった。文化と生活、創作と民衆の幸せな結びつきは、ほかの場所では真似《まね》できない美しさを中欧の抵抗運動に刻み、その時代を体験した私たちはその美しさに今なお魅了され続けている。

ドイツやフランスの知識人は、言葉の最も深遠な意味において、私が美しいと見なすものを胡散《うさん》臭いものと捉えるようだ。このような抵抗運動が文化の大きな影響を受けていると、かれらはそれが本物ではなく、真に民衆的なものではないと考えるらしい。奇妙に思えるが、幾人かの人々にとって、文化と民衆は混ざり合うことのない二つの別の概念なのである。かれらの目に映る文化の概念は、特権化したエリートのイメージと重なっている。それゆえ、かれらは「連帯」の運動を、それ以前の抵抗運動よりもはるかに好意的に受け止めたのである。だが、誰が何と言おうと、「連帯」の運動はその本質においてそれ以前の運動とは異なってはおらず、むしろ、それらの運動の頂点に位置するにすぎない。ある国の民衆と、迫害され、無視され、虐げられた文化的伝統の（完璧に組織された）完璧な結合なのである。

【原注】

（4）外から眺めている者にしてみれば、理解しがたい逆説がある。一九四五年以降の時代は、中欧にとって最も悲劇的な時代であると同時にその文化史における最も重要な時代であった。亡命していようと（ゴンブローヴィチ[*38]、ミウォシュ[*39]）、非合法の創作であろうと（一九六八年以降のチェコスロヴァキア）、あるいは、民衆の圧力に屈した当局によって許容された活動であろうと、この時代に生まれた映画、小説、演劇、哲学は、ヨーロッパが生み出した作品の頂点をなしている。

4

私にこう述べる人がいるかもしれない——中欧の国々がその脅かされたアイデン

ティティを守ろうとしているのは分かるが、かれらだけが特殊な状況にいるわけではないのではないか、と。ロシアも似たような状況にある。ロシアもまたアイデンティティを失いつつある。民族からその本質を奪っているのはロシアではなく共産主義であり、そもそも一番の犠牲者になっているのはロシアの民衆である。たしかに、ロシア語は帝国内の他の民族の言語を圧迫している。だがそれは、ロシア人が他の人々をロシア化しようとしているからではなく、非‐民族的、反‐民族的、超‐民族的なソヴィエトの官僚主義が国家を根本から統一させる装置を必要としているからである。

このような理屈も私は理解しており、また自分たちの愛する祖国と憎むべき共産主義が混同されていると思い悩んでいるロシア人が弱音を吐くのも理解できる。

だが、二つの大戦のあいだの短い期間を除き、二世紀にわたって、祖国がロシアによって支配され、その間、容赦ないロシア化に晒され、忍耐強く耐えてきたポーランド人のことも理解する必要があるだろう。

西欧の東側の境界に位置する中欧では、大国ロシアの脅威について昔からとても敏感だった。ポーランド人だけではない。十九世紀のチェコで最も重要な政治家であり、偉大な歴史家のフランチシェク・パラツキーは、一八四八年、フランクフルトの革命議会宛てに有名な書簡を書いている。そこでは、「西欧の国々では考えられないほどの規模で、十年ごとに増強している、すでに強大になった大国」であるロシアに対する唯一の防壁として、ハプスブルク帝国の意義を根拠づけている。パラツキーは「普遍的な君主制」、つまり世界統治を切望するロシアの帝国主義的な野心に対して警戒心を示している。「ロシアが普遍的な君主制を実現することは、言葉にできない悪《あ》しき、巨大な不幸を、際限ない、過度の不幸を意味しかねない」とパラツキーは述べている。

パラツキーによれば、中欧は、強力な共通の国家の庇護《ひご》のもと、互いに敬意を払い、かつそれぞれの特性を育む同等の諸民族からなる家となるべきだとする。この夢は中欧の偉大な人々によって共有されたものの、完全に実現することはなかったが、その力を維持し、影響を与え続けてきた。中欧は、ヨーロッパの縮図、その変化に富む縮図に、つまり、原ヨーロッパを体現する小ヨーロッパに、「最小限の空間における最大限の多様性」という原則にもとづく諸民族からなるヨーロッパのミニチュア模型になろうとしてきたのである。それとは正反対の最大限の空間における最小限の多様性という原則にもとづくロシアに対し、中欧が脅威を感じないことがあるだろうか？

実際のところ、多様性を希求する情熱に満ちた中欧から見れば、画一的であるばかりかさらなる画一化を目論《もくろ》む中央集権的なロシアほどかけ離れたものはない。ロシアは、帝国内のすべての民族（ウクライナ人、ベラルーシ人、アルメニア人、ラトヴィア人、リトアニア人など）を、一つのロシア国民（あるいは、今日好んで煙《けむ》に巻く語彙が使われるように、ソヴィエト国民）へと強固に変えようとしたのだから。

つまり、共産主義はロシアの歴史を否定するものなのか、それともロシアの歴史の完成形なのか？

たしかに、それは、否定（例えば、宗教の否定）であると同時に、完成形（その中央集権的な傾向および帝国主義的な欲望の完成形）でもある。ロシアの内部から見れば、前者の側面、つまり断絶の方がより顕著である。支配されている民族から見れば、後者の側面、連続性の方がより強く感じられる（原注5）。

【原注】

（5）　レシェク・コワコフスキ[*40]は、こう語っている（『ゼシティ・リテラツキェ（文学ノート）』二号、パリ、一九八三年）——「ソルジェニーツィンと同じく、私も、ソヴィエト体制は、その抑圧的な性質によって、ロシア帝政の時代を凌駕《りょうが》していると思う……とはいえ、私の先祖が悲惨な状況下で戦い、命を落とし、拷問を受け、辱めを受けた体制を理想化したいとは思わない……ソルジェニーツィンにはロシア帝政の時代を理想化する意図があるように私には思えてならず、そのことは、私に限らず、他のポーランド人も受け入れがたいことである」。

5

とはいえ、私は、ロシアと西欧文明の関係をあまりにも断定的に対置していないだろうか？　西と東に分かれてはいるものの、ヨーロッパは古代ギリシアと、いわゆるユダヤ＝キリスト思想にしっかりと根を下ろした一つの存在なのではないか？

その通りである。ロシアと我々は、遠い古代の根によって結びついている。十九世紀、ロシアはつねにヨーロッパへの接近を試みていた。ともに、相手に魅惑されていた。リルケ[*41]はロシアを自身の精神的な故郷と呼んでいたし、誰もがロシア小説に魅了され、それはヨーロッパ共通の不可分の文化遺産の一部をなしている。

そう、これはすべて事実であり、二つのヨーロッパの文化的な結婚は大切な想い出であり続けるだろう（原注6）。だが、ロシアの共産主義が昔から続く反西欧感情を刺激し、西欧の歴史からロシアを暴力的に引き剝がしたのも事実である。

今一度、強調しておきたい。反西欧としてのロシアが他のどの場所よりも明確に感じられるのが、西欧の東側の境界なのだ。そこでは、ロシアは、ヨーロッパにあるいくつかの大国の一つとしてではなく、特殊な文明、異質な文明として現れている。チェスワフ・ミウォシュは著書『故郷のヨーロッパ』で、そのことを語っている。十六世紀、十七世紀、モスクワの人たちは、ポーランド人から見れば、「遠くの国境で戦争を繰り広げている野蛮人のようだった。かれらに関心を寄せる者は誰もいなかった……ポーランド人が東方に空虚さしか見出さない時代から、ポーランド人にとって、ロシアは『外部』、つまり世界の外にあるものという捉え方が生じていた」（原注7）。

　異なる宇宙を示している人々は「野蛮人」に見えてしまう。ポーランド人にとってロシア人はそのような存在であり、今なおそうである。カジミエシュ・ブランディス[*42]は面白い話をしている。あるポーランド人作家が偉大なロシアの詩人アンナ・アフマートヴァ[*43]と会ったときのことだ。作品の発表が禁止され困っているとポーランド人は自分の置かれた状況について不平を述べる。だが詩人は言葉を遮って話し出す。「あなたは牢獄《ろうごく》にでもいたの？」いや、いなかった、とポーランド人は答える。「なら、少なくとも作家同盟から除名されているの？」――いいえ――「じゃあ、何に不満があるというの？」アフマートヴァは本当に解せない様子だった。

ブランディスは、こう評している。「これがロシア的な慰め方である。ロシアの運命に比べたら、それよりひどいものは何もない、というのだ。ただ、このような慰め方は何ももたらさない。ロシアの運命は私たちには関係がなく、それは私たちにとって異質なものであり、その責任を私たちが負う筋合いはない。その運命は私たちにも重くのしかかっているが、私たちが引き継ぐ遺産ではない。ロシア文学と私の関係も同じである。それは私を震え上がらせた。今日なお、ゴーゴリ*44のいくつかの短篇、それにサルトゥイコフ＝シチェドリン*45が書いたすべての作品に恐怖をおぼえる。かれらの世界を、あのような世界が存在することを知らずにすますことができれば何とよかったことか」（原注8）。

ゴーゴリについて発せられた言葉は、もちろん、ゴーゴリの芸術を否定しているのではなく、その芸術が喚起する世界への恐怖を表している。その世界が遠くに留まるとき、私たちは魅惑され惹《ひ》きつけられるが、近くで包囲されるやいなや、恐るべき異質さを露わにする。そこには、（より大きな）不幸の異なる次元があり、空間（あまりにも広大で、あらゆる民族が消失してしまう空間）の異なるイメージ、（緩慢で忍耐強い）時間の異なるリズムがあり、異なる笑い、異なる生き方、異なる死に方がある（原注9）。

　それゆえ、私が中欧と呼ぶヨーロッパの国々は、一九四五年以降の運命の変化を、政治的なカタストロフィーとしてだけではなく、自身が属する文明への問題提起として感じている。これらの国々で抵抗が深い意味を帯びているのは、自分たちのアイデンティティを守ること、あるいは、別の言い方をすれば、西欧的な特色を守ることに他ならないからである。

【原注】

（6）ロシアと西欧の結婚が最も美しく実現したのが、ストラヴィンスキーの作品である。それは、千年におよぶ西欧音楽を決算したものであると同時に、音楽的想像性という点において深くロシア的である。他の傑出した結びつきは、中欧では偉大なるロシア愛好家レオシュ・ヤナーチエク[*46]による二つの優れたオペラで実現され、一つはオストロフスキーの原作（『カーチャ・カバノヴァー』初演一九二一年）、もう一つは、私が最大の賛辞を贈るものであるが、ドストエフスキーの原作（『死者の家から』同一九三〇年）である。だが、これらのオペラはロシアでは一度も上演されず、このような作品があることすら、現地では知られていない。共産主義のロシアは西欧との不釣り合いな結婚を拒絶する。

（7）ノーベル賞でさえ、ミウォシュに対するヨーロッパの出版社の愚かな無関心さを揺さぶることはなかった。とどのつまり、この時代の偉大な人物になるには、かれはあまりにも洗練され、あまりにも偉大な詩人だった。『囚われの魂』（一九五三年）、そして、私がここで引用している『故郷のヨーロッパ』（一九五九年）という二冊の評論は、ロシアの共産主義およびその「西方への衝動（Drang nach West）」をめぐる二元論には陥らない、初めての優れた分析となっている。

（8）ポーランド語では『歳月（*Miesiące*）』、英語では『ワルシャワ日記（*A Warsaw Diary 1978-1981*）』となっているブランディスの本のアメリカで出た翻訳を一気に読み終えた。政治批評の表層に留まることなく、ポーランドの悲劇世界に浸りたければ、この偉大な一冊を逃してはいけない！

（9）

私がこれまで読んだ特殊な文明としてのロシアをめぐる文章のなかで、最も美しく、最も明晰《めいせき》に記されたのが、シオラン[*47]の『歴史とユートピア』（一九六〇年）所収の「ロシアと自由のウイルス」である。『実存の誘惑』（一九五六年）も、ロシアとヨーロッパをめぐる傑出した論考を収めている。シオランは、ヨーロッパをめぐる時流に流されない問いかけを満遍なく行なっている稀有な思想家の一人であるように、私には思われる。そもそも、問いを投げかけているのは、フランスの作家のシオランではなく、「消滅するために作られ、呑み込まれるために見事に構成された」（『実存の誘惑』）国であるルーマニア出身の中欧人シオランである。ヨーロッパを考えることは、呑み込まれたヨーロッパにおいてのみ可能なのである。

6

ロシアの衛星国の体制について幻想を抱く者はいない。だが、その悲劇の本質、つまりこれらの国々が西欧の地図から消えてしまったことは忘れられている。

この悲劇の側面がほぼ顧みられなかったことは、どのように説明できるだろうか？

まずは、中欧それ自体の問題として説明できるだろう。

ポーランド人、チェコ人、そしてハンガリー人の歴史は波乱に満ちたものであるばかりか幾度も断絶を余儀なくされ、国家の伝統もヨーロッパの大国より弱く、断続的なものとなっていた。一方をドイツに、他方をロシアに挟まれ、これらの諸民族は生き延びるために、さらには言語を賭けた闘争のためにあまりにも多くの力を費やしてきた。ヨーロッパという意識に入り込むことができなかったため、西欧で最も知名度が低く、最も脆弱《ぜいじゃく》な場所であり、そればかりか奇妙で近づきがたい言葉のカーテンの背後に隠れることになった。

オーストリア帝国は中欧に強力な国家を建設する大きな契機を有していた。だが、残念なことに、オーストリア人は傲慢な大ドイツ主義的な民族主義と、かれら固有の中欧的な使命のあいだで引き裂かれていた。平等な諸民族からなる連邦国家の建設は叶《かな》わず、その失敗はヨーロッパ全体にとっても不幸だった。不満を抱いていた中欧の他の民族は、帝国には欠陥があったものの、その代わりがないことを考えずに、一九一八年に帝国を破壊してしまった。そのため、第一次世界大戦後の中欧は脆弱な小さな諸国家からなる地域に生まれ変わり、その弱さゆえに、まずはヒトラーに占領を許し、ついでスターリンに最終的な勝利を与えてしまった。ヨーロッパの人々の集団的な無意識のなかで、おそらくこれらの国々はトラブルメーカーだと思われている。

端的に言えば、中欧の誤りは、私が「スラヴ世界のイデオロギー」と呼ぶもののなかに見出せる。「イデオロギー」という語を使うのは、それが十九世紀に捏造《ねつぞう》された政治的なまやかしにすぎないからだ。チェコ人は（当時を代表する人々が真剣に警告を発していたにもかかわらず）ドイツの攻撃から身を守るべく、浅はかにもそれを振りかざした。これに対して、ロシア人は自分たちの帝国的欲望を正当化すべく、このイデオロギーを利用した。「ロシア人はことあるごとにロシア語ではなく、スラヴ語で話し、書いていると述べているが、それは、のちにスラヴ的なものをことごとく、ロシア的と呼ぶためである」と、偉大なチェコ作家カレル・ハヴリーチェク（原注10）は一八四四年にすでに述べている。非現実的で愚かなロシア贔屓《びいき》の同胞たちに警戒を呼びかけていたのだ。非現実的というのは、千年に及ぶ歴史においてチェコ人はロシアと直接の関係を一度も有していないからである。言語面での親縁性があるにもかかわらず、両者に共通する世界はなく、共通の歴史も、共通の文化もなかった。かたや、ポーランド人とロシア人との関係は生死を賭けた戦いであったのである。

今から六十年ほど前、ジョウゼフ・コンラッド*48として知られるユゼフ・コンラット・コジェニョフスキはポーランド出身であるがために、かれ自身およびその著作に「スラヴ魂」というレッテルがよく使われることに苛立ち、こう書いている。「ポーランド人の気質は道徳的な制限をいとわない騎士道精神、そして個人の権利を過剰に尊重するものであって、文学界で『スラヴ世界』と呼ばれるものほど無縁なものはない」（私はかれのことがよく理解できる！　私にも「スラヴ魂」という表現が使われるが、そのような曖昧な深遠さを崇拝したり、騒々しくも空虚な感傷性を引き合いに出したりするほど滑稽なものを私は知らない）（原注11）。

スラヴ世界という観念は、世界史の記述における常套句《じょうとうく》となった（原注12）。一九四五年以降のヨーロッパ分断により、この架空の「世界」は一つにまとめられてしまい（スラヴ系の言語を用いない哀れなハンガリー人とルーマニア人もそこに含められているが、そういう細部にこだわる者などいるだろうか？）、それこそが、ほぼ自然な解決策として見られるようになったのだ。

【原注】

（10）一八四三年、当時二十二歳だったカレル・ハヴリーチェク・ボロフスキーはロシアへ出発し、現地に一年間滞在した。出発時には熱狂的なスラヴ主義者だったが、やがてロシアに対する手厳しい批判者の一人となった。書簡や評論を通して、自身の見解を形作り、それらはのちに書籍として刊行された。それは、キュスティーヌ*49の書簡とほぼ同時期に書かれた、もう一つの「ロシアからの書簡」となっており、フランスの旅行家キュスティーヌの評価と共鳴するものとなっている（類似点はしばしば興味深いものである。キュスティーヌ曰《いわ》く、「もし、あなたの息子がフランスに満足していないというのであれば、私の助言に耳を傾けるがよい。息子にこう言いなさい、ロシアに行け、と。かの地を深く見知ったものであれば、ロシア以外であればどこでも喜んで暮らすはずだろう」。ハヴリーチェク曰く、「チェコ人に本当の慈善を施したければ、モスクワに送るがいい！」）。ハヴリーチェクはチェコの愛国者で平民のため、下手な先入観や反ロシア的な偏見に左右されていなかった点を考慮すると、この類似はさらに重要さを増す。ハヴリーチェクは、パラツキー、とりわけマサリク[*50]に多大な影響を与えたことからも、十九世紀のチェコ政治を代表する人物であったことが分かるだろう。

（11）

『どうやったら外国人になれるか（*How to be an Alien*）』という興味深い本がある。著者は「魂と控え目な表現」という章で「スラヴ魂」を扱っている。「何より最悪な魂は、あの偉大なるスラヴ魂だ。スラヴ魂の持ち主はたいてい、深く考え込む人間ばかりだ。例えば、こういったことをよく口にする。『私が陽気になるときもあれば、私が悲しくなるときもある。あなたは私に説明できるだろうか？』もしくは、『私には謎が多い。ときに、私ではない、全くの別人になりたいことがある』、さらには『真夜中、森を一人で散歩して、木から木へと次々と遭遇し、この人生は何と奇妙なものか、と思うことがある』と」。

偉大なスラヴ魂を嘲笑しているのは何者か？　もちろん、著者はハンガリー出身の作家ジョージ・ミケシュ[*51]である。中欧でスラヴ魂は物笑いのたねになっているのだ。

(12) 例えば、プレイヤード百科事典の世界史を開くがいい。カトリック教会の改革者ヤン・フスを見出せるのは、ルターではなく、イヴァン雷帝と同じ章である。そればかりか、ハンガリーに関する基本的な記述を探しても見つからない。というのも「スラヴ世界」には分類されないため、ハンガリー人はヨーロッパ地図に居場所がないのだ。

7

では、中欧の消失に西欧が気づかなかったのは、中欧のせいなのだろうか？

必ずしもそうではないだろう。二十世紀初頭、中欧は政治的には弱かったが、文化の偉大な中心、もしかしたら文化の最大の中心地となったのである。この点において、ウィーンの意義は今日よく知られているが、オーストリアの首都の独自性は、中欧文化の形成にそれぞれ独創的に貢献した他の国々や都市の背景なくしては考えられなかった点はいくら強調してもしすぎることはない。シェーンベルク*52の楽派は十二音音楽の体系をつくりあげた一方で、ハンガリー人のバルトーク・ベラ[*53]は――二十世紀最大の音楽家の二人か三人に入ると私は考えているが――調性音楽にもとづく最後の独創性を見出している。小説においては、プラハのカフカやハシェクの作品は、ウィーンのムージル[*54]やブロッホ[*55]の作品と双璧をなしている。非ドイツ語圏の文化的なダイナミズムは一九一八年以降も勢いを増し、プラハ言語学サークルおよび構造主義的思想を通して、プラハは世界の牽引役《けんいんやく》を担った（原注13）。偉大なる三人組、ヴィトルト・ゴンブローヴィチ、ブルーノ・シュルツ[*56]、スタニスワフ・ヴィトキェーヴィチ[*57]は、ポーランドにおける一九五〇年代のヨーロッパ・モダニズムである不条理演劇を先取りしていた。

　ここで疑問が生じる。このような創作活動の爆発は、地理的な環境が偶然にも一致しただけなのか？　それとも、長い伝統、過去に根付いたものなのか？　表現を変えてみよう。中欧は独自の歴史を有している文化的な総体として語ることができるのか？　そのような総体が存在するとして、それは地理的に定義できるのか？　その境界はどこにあるのか?

その境界線を厳密に規定しようとしても無駄であろう。というのも、中欧は一つの国家ではなく、一つの文化、あるいは一つの運命だからである。その境界線は想像上のものでしかなく、新たな歴史的状況が生じるたびにたえず書き換えられてしまうのだ。

例えば、十四世紀中葉、プラハのカレル大学では、チェコ、オーストリア、バイエルン、ザクセン、ポーランド、リトアニア、ハンガリー、ルーマニアの知識人（教授、学生）が集い、それぞれの言語の権利を認めながら、多民族的な共同体という理念の萌芽《ほうが》を育んでいた。同大学から間接的な影響を受け（同大学の学長には宗教改革者ヤン・フスがいた）、初めての聖書のハンガリー語訳やルーマニア語訳が誕生したのである。

他の状況がそれに続く。フス派の改革。マーチャーシュ一世の治世下のハンガリー・ルネサンスが国際的に与えた影響。ボヘミア、ハンガリー、オーストリアという三つの独立国家の王を兼ねたハプスブルク帝国の成立。対トルコ戦争。十七世紀の対抗宗教改革。他に類を見ないバロック芸術が開花すると、ザルツブルクからヴィリニュスにいたる巨大な領域を一つにまとめ上げ、それによって、中欧の特性が明確に浮かび上がったのである。当時ヨーロッパの地図では、バロックの中欧（非合理の優位と、造形芸術、とりわけ音楽の支配的な役割に特徴づけられる）は、古典主義的なフランス（合理の優位と、文学と哲学の支配的な役割に特徴づけられる）の対極に位置していた。このバロックの時代、中欧音楽が飛躍を見せ、ハイドン*58からシェーンベルク、リスト*59からバルトークにいたるあらゆるヨーロッパ音楽の発展がそこに凝縮されている。

十九世紀、民族闘争（ポーランド人、ハンガリー人、チェコ人、クロアチア人、スロヴェニア人、ルーマニア人、ユダヤ人の闘争）は民族同士を対峙させた。これらの民族は連帯することはなく、それぞれ孤立し、閉鎖的であったが、存在にまつわる大きな共通体験をともにしていた。それは、自分が存在するか、存在しないかを選択すること、言葉を換えれば、正当な民族として生を営むか、より大きな民族に同化するか選択を迫られていた民族の共通体験である。

国の主たる民族であるオーストリア人もこの選択から逃れられなかった。オーストリア的なアイデンティティと、より大きなドイツという総体への融合とのあいだで選択を迫られていた。ユダヤ人もまたこの問題を避けて通ることはできなかった。シオニズムはそもそも中欧で生まれたものであるが、同化を拒否する点において中欧の他の諸民族と同じ道程を選んだにすぎない。

二十世紀は、また別の状況を目撃することとなった。帝国の崩壊、ロシアへの併合、長きにわたる中欧の抵抗運動は、答えの分からない解決策への大きな賭けでしかない。

中欧の総体を定義し規定するのは、政治的な境界線ではなく（それは、侵攻、征服、占領によってたえず強制されたもので正当性を欠く）、共通の大きな状況である。その状況によっていくつかの民族が集められ、想像上の、たえず変化する境界上でそれぞれグループ分けがなされるが、その内部では、同じ記憶、同じ体験、同じ伝統的な社会が継続しているのだ。

【原注】

（13）実際のところ、構造主義の思想が生まれたのは、一九二〇年代末のプラハ言語学サークルにおいてである。同サークルは、チェコ、ロシア、ドイツ、ポーランドの学者から構成されていた。このようなコスモポリタン的な環境において、一九三〇年代、ムカジョフスキー[*60]は構造主義的美学を編み出す。プラハの構造主義は、十九世紀チェコのフォルマリズムを背景にしていた（当時、音楽の主導的な立場のおかげで、つまり本質的に「形式的な」音楽学のおかげで、中欧のフォルマリズム的な潮流はどこよりも力強いものであったように思われる）。ロシア・フォルマリズムに大きく触発されたものの、ムカジョフスキーはその一面性を克服している。構造主義者たちは、プラハの前衛芸術の詩人や画家の賛同者でもあった（フランスで三十年後に生じる協調を予兆するものだった）。かれらはその影響力を通して、当時モダニズム芸術全般につきまとっていた狭いイデオロギー的な解釈から前衛芸術を擁護した。ムカジョフスキーの作品は世界中で知られているが、フランスでは一度も刊行されていない。

8

ジークムント・フロイト[*61]の両親はポーランドの出身であるが、幼いジークムントは、幼少期を、私の故郷のモラヴィアで過ごしており、それはエドムント・フッサール[*62]やグスタフ・マーラー[*63]も同様である。ウィーンの小説家ヨーゼフ・ロート[*64]もポーランドにルーツがある。チェコの偉大な詩人ユリウス・ゼイエル[*65]はプラハのドイツ語話者の家庭の生まれであり、チェコ語で書くという選択はかれ自身が下したものだった。それに対して、ヘルマン・カフカ[*66]の母語はチェコ語だったが、息子フランツはドイツ語を完全に受け入れていた。一九五六年のハンガリー動乱のキーパーソンだった作家デーリ・ティボル[*67]はドイツ・ハンガリー系の家庭の出身であり、我が親愛なる傑出した小説家ダニロ・キシュ[*68]はハンガリー・セルビア系の出自を有している。このような名だたる人々において、民族的な運命がいかに錯綜《さくそう》していることだろう！

今名前を挙げた人たちは皆、ユダヤ人である。ユダヤ的精神がこれほどまで深く刻まれた場所は世界中見渡しても他にはないだろう。どこにいても異邦人であり、どこにいても故郷を見出せるユダヤ人は民族の争いを超越して育てられ、二十世紀において、中欧の主たるコスモポリタン的要素、統合を進める者であり、知的な接着剤、中欧精神の精髄であり、精神統一の創造者であった。それゆえ、私はかれらのことが好きであり、まるで私自身の遺産のように、情熱と郷愁の念とともに、かれらの遺産を大切にしているのである。

ユダヤ民族が私にとって重要な理由は他にもある。というのも、かれらの運命にこそ、中欧の宿命が凝縮され、反映され、その象徴的イメージが見出されるように思われるからだ。中欧とは何か？　ロシアとドイツにはさまれた小民族からなる不安定な地域である。小民族という言葉を強調しておく。ユダヤ人が小民族でなければ何というのか、かれらこそ典型的な小民族ではないだろうか？　あらゆる時代のすべての小民族のうちで、いくつもの帝国を生き延び、「歴史」の破壊的な行進でさえも生き延びた唯一の民なのである。

だが、小民族とは何か？　私の定義は次のようなものである。小民族とは、いついかなるときにもその存在が脅かされ、消失すらしてしまいかねない民族であり、そのことを自覚している民族である。フランス人、ロシア人、英国人は、民族の存続をめぐる問いかけを提起することに慣れていない。かれらの国歌で歌われるのは、栄華と不滅性のみである。それに対して、ポーランドの国歌は次のように始まる。「ポーランド、いまだ滅びず……」。

小民族の家としての中欧は、「歴史」に対する深い不信にもとづく、独自の世界観を有している。ヘーゲルとマルクスの女神である「歴史」、私たちを裁き、判決を下す「理性」の化身である「歴史」、それは勝者の「歴史」である。けれども、中欧の民衆は勝者ではない。かれらはヨーロッパの「歴史」から切り離すことはできず、それなくしては存在することもできないが、中欧の民衆はヨーロッパの「歴史」の裏側、犠牲者、アウトサイダーにすぎない。中欧の文化の独創性、その英知、さらには栄華や栄光を嘲笑する「非‐真面目な精神」の源泉となっているのは、まさにこのような歴史に幻滅した体験なのである。「忘れてはならない、『歴史』に対抗することによってのみ、今日の歴史に対抗できるのだ」。ヴィトルト・ゴンブローヴィチのこの一文は中欧の入場門に刻みたいと思っている（原注14）。

それゆえ、「いまだ滅びていない」小民族からなるこの地域にこそ、ヨーロッパの、全ヨーロッパの脆弱性を、他のどこよりも明白かついち早く目にすることができるのだ。権力がいくつかの大国の手にますます集中する傾向にある今日の現代世界において、ヨーロッパのあらゆる民族が間もなく小民族となり、同じ運命に屈しなければならない危険に脅かされている。この意味において、中欧の運命はヨーロッパ全体の運命を予兆するものであり、その文化は瞬く間にきわめて今日的意義を帯びる。

中欧の偉大な小説を読みさえすればいい（原注15）。ヘルマン・ブロッホの『夢遊の人々』では歴史はいろいろな価値が失われている過程として現れ、ムージルの『特性のない男』は、明日にも消えてしまいかねないことすら知らずに浮かれている社会を描いている。ハシェクの『善良なる兵士シュヴェイク』では、自分は愚者だと偽ることだけが自由を保つ最後の可能性となっている。カフカの小説のヴィジョンは、記憶のない世界、歴史的な時間が過ぎ去ったあとの世界を語っている。二十世紀の中欧の偉大な小説はすべて、今日にいたるまで、ヨーロッパ人のありうるかもしれない終焉《しゅうえん》をめぐる長い瞑想《めいそう》と捉えることができるのだ。

【原注】

（14）「中欧的な世界の見方」というテーマで二冊の本を読んだが、ともに高く評価したい。一つはより文学的なもので、匿名の著者による（ヨゼフ・Kと署名された）『中欧　小話と歴史』であり、プラハでタイプ刷りが出回っている。もう一つはより哲学的なもので、『生の世界　政治の問題』と題され、著者はジェノバに住む哲学者ヴァーツラフ・ビェロフラツキーである。後者はヴェルディ社からフランス語でも刊行され、大いに注目に値するものだ。中欧の問題に関しては、ミシガン大学が刊行を始めた重要な年鑑（*Cross Currents: A Yearbook of Central European Culture*）でも扱われている。［訳注　ここで言及されている「ヨゼフ・K」とは批評家ヨゼフ・クロウトヴォルのことであり、『中欧　小話と歴史』は『中欧の詩学　歴史の困難』（石川達夫訳、法政大学出版局、二〇一五年）として日本語に訳出されている」

（15）ことあるごとに中欧の小説について言及しているフランスの作家はパスカル・レネである（かれは、中欧の小説をウィーンの小説家に限定せず、チェコやポーランドの小説も含めて扱っている）。インタビュー集『あえて言うならば』（メルキュール・ド・フランス、一九八二年）では、この点について興味深いことを述べている。

9

今日、中欧はロシアによって支配されている。オーストリアだけが例外だが、必然性というよりも、むしろたまたま独立を維持しているにすぎない。だが、中欧の環境から切り離されたことで、オーストリアはその特殊性と意義の大部分を失いつつある。中欧の文化的故郷の消失はあらゆる西欧文明にとって今世紀最大の出来事の一つであったにちがいない。今一度、問いかけたい。そのことが気づかれず、名称すら与えられなかったのは、なぜなのか？

私の答えは単純である。ヨーロッパが偉大な文化的な中心の消滅に気づかなかったのは、ヨーロッパが、文化的に統一されたものとして自身の統一性を感じていなかったからである。

では、ヨーロッパの統一性は、何にもとづいているのか？

中世においては、共通の宗教にもとづいていた。

中世の神がデウス・アブスコンディトゥス（隠れたる神）に変わった近代において、宗教はその場所を文化に明け渡し、文化は、ヨーロッパの人々が自分を理解し、定義し、同一視する至高の価値を実現するものとなった。

にもかかわらず、中世と近代を分かつのと同程度に重要な、新たな変化が今世紀もたらされたように思われる。かつて神が自身の場所を文化に譲ったように、今度は文化が自分の場所を明け渡すときが訪れたのだ。

だが、何に、誰に対して、明け渡すのか？　ヨーロッパを統一しうる至高の価値が実現される領域は、どこにあるのか？　技術的な成果だろうか？　市場だろうか？　メディアか？（偉大な詩人に取って代わるのは、偉大なジャーナリストなのか？）あるいは政治だろうか？　そうだとしたら、どのような政治か？　右翼、それとも左翼？　愚かしくも、克服しがたい、二項対立を乗り越えるような、はっきりとした共通の理念はあるのだろうか？　寛容の原理だろうか、信仰や他者の思考を尊重することだろうか？　だがこの寛容さも、豊かな創造性および強固な思想を擁護しないのであれば、空虚で無用なものとなってしまうのではないか？　あるいは、文化の退場をある種の解放として受け止め、高揚感をおぼえながら身を委ねるべきなのか？　もしくは、デウス・アブスコンディトゥスはいつの日か戻り、空いていた場所を占め、姿を見せるのだろうか？　私には分からない。それについては何も知らない。ただ、分かっていることは、文化はその場所をすでに明け渡したということだけである。

ヘルマン・ブロッホは一九三〇年代からこのような考えに取り憑《つ》かれていた。例えば、このように述べている。「絵画は完全に秘教的な事柄となってしまい、美術館の世界に従属した。もはや絵画についても、その問題についても関心はなく、ほとんど過去の遺物となっている」。

当時、この言葉は衝撃を与えたが、今日はそうではない。ここ数年、私はあるアンケートをしてきた。誰かに会うたびに、現代の画家で誰が好きかとさりげなく尋ねたのだ。そこで分かったのは、現代画家を好きな人は一人もおらず、大半の人は一人も知らなかった。

マティスやピカソの世代が生きていた三十年前であれば信じられないような状況がある。絵画はこの間にその重要性を失い、周縁的な活動になってしまった。それは、絵画がもはや優れたものではなくなったからだろうか？　それとも、私たちが絵画に対する審美眼や感覚を失ったのだろうか？　いずれにしても、時代の様式を形作り、数世紀にわたってヨーロッパとともにあった芸術は私たちの許《もと》から去ってしまった、もしくは、私たちが芸術から立ち去ろうとしつつあるのだ。

では、詩はどうだろうか、音楽は、建築は、哲学は？　これらもまたヨーロッパの統一性を形作り、その基礎となる力ではなくなった。これは、ヨーロッパの人々にとって、アフリカの脱植民地化と同様に重要な変化なのである。

10

フランツ・ヴェルフェル[*69]は、生涯の初めの三分の一をプラハで過ごし、続く三分の一をウィーンで、最後の三分の一を亡命先の、まずはフランス、ついでアメリカで過ごした。これこそが、典型的な中欧人の生涯である。一九三七年、国際連盟の知的協力国際委員会に招聘《しょうへい》され、「文学の未来」と題された会議に出席するために、かれはマーラーの寡婦として高名な妻アルマとともにパリにいた。ヴェルフェルは講演で、ヒトラー主義ばかりか、全体主義的な脅威全般、つまり、今日のイデオロギーおよびジャーナリズムの愚鈍化に対しても文化を破壊するものとして反対の意思を示している。絶望的な状況に歯止めをかけることを期待して、かれはある提案をして演説を終えている。その提案とは、詩人と思想家の世界アカデミー（Weltakademie der Dichter und Denker）を設立することである。その会員は、国によって派遣されるべきではない。会員の選定は、作品が価値を有している人によってのみなされるべきである。世界でも指折りの作家たちからなる会員の数は、二十四名から四十名程度とする。このアカデミーは政治とプロパガンダの影響を受けず、「世界の政治化と野蛮化に立ち向かうこと」を使命とする、というものだった。

この提案は採択されなかっただけではなく、公然と嘲笑の的になった。もちろん、その提案はナイーヴなものだった。あまりにもナイーヴだった。芸術家も、思想家も皆、手のつけられないほど「社会参加」し、この完全に政治化している世界にあって、どうしたら、独立したアカデミーを設立することなどできるのだろうか？　それは高貴な精神をかき集めただけの滑稽なものにしかならないだろう。

しかしながら、このナイーヴな提案に私は感銘を受ける。というのも、さまざまな価値が失われた世界にあって、道徳的権威をどうにか見出したいという必死の願いがにじみでているからだ。それは、文化が発するかすかな声、詩人と思想家（Dichter und Denker）の声を響かせようとする苦悩に満ちた願望に他ならなかった（原注16）。

私の記憶の中で、この出来事は、ある朝の想い出と交錯している。その朝、警察は私の友人の高名なチェコの哲学者の自宅を家宅捜索し、千頁に及ぶ哲学書の原稿を没収したのだった。その日、私たちは一緒にプラハの通りを歩いていた。かれが住んでいたフラッチャヌィからカンパに下っていき、そのあと、マーネス橋を渡った。かれは冗談めかして言った。警官連中は、哲学用語だらけで晦渋《かいじゅう》この上ない、私の言葉をどうやって理解するというのか？　だが、どのような冗談も、かれから不安を取り除き、十年費やした原稿の喪失を埋めることはできなかった。写しをとっていなかったからだ。

原稿の没収について国際的なスキャンダルにできないかと、国外に公開書簡を送ることも、私たちは話し合ってみた。送付するとしたら、どこかの機関や政治家ではなく、政治よりも上に位置する人物、ヨーロッパで一般的に認められた価値を明らかに体現する人物でなければならなかった。つまり、文化人に宛てて送るのだ。だが、そのような人物はどこにいるのだろうか？

そのような人物がいないことに、私たちはすぐに気づいた。偉大な画家、演劇家、音楽家はたしかにいる。だが、かれらは、ヨーロッパがその精神的な代表者と見なしうる道徳的権威という特権的な位置を社会で占めてはいない。文化は、もはや至上の価値が実現される領域としては存在していなかったのだ。

私たちは旧市街広場へと歩みを進めた。当時、私はその近くに住んでいたが、とてつもない孤独感、空虚さを感じた。それは文化が徐々に遠ざかろうとしているヨーロッパという空間の空虚さだった（原注17）。

【原注】

（16）　ヴェルフェルの講演そのものは決してナイーヴなものではなく、古びたものでもない。ローベルト・ムージルが一九三五年にパリの文化擁護のための国際作家大会で読み上げた別の演説のことを思い出す。ヴェルフェル同様、ムージルはファシズムだけではなく、共産主義にも危険を見ている。かれにとって文化擁護とは、政治的闘争における文化の社会参加ではなく（当時は皆そのように捉えていた）、逆に、政治化という愚鈍化から文化を擁護するという意味だった。二人とも、技術とメディアの現代世界において文化は大きな希望を抱けないことを意識していた。ムージルとヴェルフェルの見解はパリで肯定的に受け止められることはなかった。にもかかわらず、私が周囲で耳にする政治‐文化に関する議論のなかで、かれらが語ったことに付け加えるべきことはなく、そのような瞬間、私はかれらに魅力を感じ、救いようがないほど自分が中欧人だと感じるのだ。

(17)

悩みに悩んだ挙げ句、私の友人は手紙を送った――ジャン＝ポール・サルトル宛てに。そう、かれはまだ最後の世界的な文化人だった。だが、私の目には、「アンガージュマン[*70]」という概念によって、文化から、独自で特殊な、他に還元できない力を切り離す理論的な基盤を築いたのもまさにかれだった。いずれにしても、サルトルは、私の友人の手紙に対して、『ル・モンド』紙に文章を掲載すると、すぐに返事をしてくれた。この介入がなければ、警察は哲学者に（およそ一年後に）原稿を返還しなかったかもしれない。サルトルの葬儀が行なわれた日、私は、プラハの友人のことを想い起こした。今では、かれの手紙はもはや送る相手がいないのである。

11

中欧の国々が西欧を体験した最後の想い出は、一九一八―一九三八年の時代である。中欧の人々はそれぞれの国の歴史のどの時代よりも、その時期に愛着を抱いている（ひそかに行なわれたアンケートもそれを示している）。かれらが思い描く西欧のイメージとは、ついこのあいだの西欧のものである。文化がまだみずからの場所を完全に明け渡していない頃の西欧である。

そのような意味で、ある意味深い状況を強調しておきたい。中欧の抵抗運動は、新聞、ラジオ、テレビ、つまりメディアには支持されていなかった。抵抗運動を準備し、実行に移し、実現へと結びつけたのは、小説や詩であり、演劇、映画、歴史であり、文学雑誌、小劇場、哲学的な議論といったものであり、つまり、文化であった。フランス人やアメリカ人にとって現代西欧のイメージそのものと重なり合うマスメディアは、抵抗運動においてはいかなる役割も担っていなかったのである（メディアは完全に国家の統制下にあった）（原注18）。

それゆえ、ロシア人がチェコスロヴァキアを占領した際にまず行なったのが、そのようなチェコ文化を完全に破壊することだった。その破壊の意義は三点ある。まず、抵抗勢力の中心を破壊した。第二に、ロシア文明によりたやすく吸収されるように、民族のアイデンティティを弱体化した。第三に、近代という時代、つまり文化がまだ至上の価値の実現を示していた時代を暴力的に終了させたのである。

私から見ると、第三の意義が最も重要に思われる。実際のところ、ロシア全体主義の文明は、近代の夜明けに生まれた西欧、思考し、懐疑する自我に基盤を置く西欧、つまり、唯一無二の自我の表現という文化的創造を特徴とする西欧を根本から否定しようとしたからである。ロシア人がチェコスロヴァキアに侵攻したのは「文化以後」の時代のことであり、どこにでもつきまとう国営テレビの目の前で、ロシアの軍隊はチェコスロヴァキアの武装解除を行ない、裸にしたのである。

チェコスロヴァキア侵攻という三重の悲劇に動揺したまま、私はフランスに到着し、フランスの友人たちに、侵攻後に行なわれた文化の抹殺について説明しようとした。「いいかい！　文芸雑誌も、文化雑誌もすべて抹殺された！　例外なくすべてが！　このようなことはチェコの歴史で一度も起きたことはなかった、戦時のナチの占領下でさえもなかったことだ！」。

だが、友人たちは困惑しながらも私を寛大そうに見守るだけだった。私はあとでその意味を理解した。実際、チェコスロヴァキアですべての雑誌が廃刊されたとき、国民は皆、そのことを知っており、不安をおぼえながらその出来事のとてつもない影響を感じていたのである（原注19）。今日、フランスや英国で文化雑誌が一切合切消えたとしても、そのことに気づく者は、その出版社も含めて、誰もいないだろう。きわめて文化的な環境にあるパリでさえ、夕食時に話題になるのはテレビ番組のことであり、雑誌ではない。なぜなら、文化はその場をすでに明け渡したからである。プラハでは雑誌の消失をカタストロフィー、衝撃、悲劇と捉えたが、パリでは、よくある、たいした意味もなく、気づかれもしないこと、つまり出来事に値しない出来事なのである。

【原注】

(18) とはいえ、あの有名な例外を述べなければならない。ロシアによるチェコスロヴァキア占領が行なわれた初めの数日間、非合法の放送を通して、注目に値する役割を果たしたのがラジオとテレビだった。だが当時でさえも、文化の代表者の声が支配的であった。

(19) 週刊紙『リテラールニー・ノヴィニ』は、(一千万の人口を抱える国において)三十万部の部数を誇り、チェコスロヴァキア作家協会が刊行主体となっている。この雑誌は「プラハの春」にいたる道を長年にわたって準備し、のちにその舞台ともなった。欧米で広く読まれていた『タイム』誌のような、どれも似たような週刊誌とは、構成の面で異なっている。『リテラールニー・ノヴィニ』が扱うのは、本当に文学だけだった。そこには、芸術に関する長文の論考、書籍の分析があった。歴史、社会学、政治に関する文章を寄せていたのは記者ではなく、作家、歴史家、哲学者だった。今世紀において、これほどの重要な歴史的な役割を果たし、今なお果たしているヨーロッパの雑誌を他に知らない。チェコの月刊文芸誌の部数はおおむね一万部から四万部のあいだであり、検閲があるにもかかわらず、その水準は傑出している。ポーランドでも雑誌は同じ意義を有しており、今日、何百（！）もの非合法雑誌が刊行されている。

12

帝国の崩壊以降、中欧はその防壁を失った。ユダヤ民族を土地から一掃したアウシュヴィッツ以降、中欧はその魂も失ったのではないか？　一九四五年にヨーロッパから切り離されて以降、中欧はまだ存在しているのだろうか？

そう、芸術創作や抵抗運動の数々は、中欧が「まだ滅びていない」ことを示している。だが生きていることが、私たちが愛する人々の瞳のなかで存在していることを意味するのであれば、中欧は存在しているとは言えない。より正確に言おう、愛するヨーロッパの瞳に映る中欧はソヴィエト帝国の一部でしかなく、それ以上のものでも、それ以下のものでもない。

なぜ、そのことに驚くのだろうか？　政治システムから見れば、中欧は東欧である。文化的な歴史から見れば、西欧である。だがヨーロッパそれ自体が、固有の文化的アイデンティティに対する感覚を失いつつあるため、中欧に政治体制しか見出せない。換言すれば、中欧に見出すのは単なる東欧でしかないのである。

それゆえ、中欧は、隣人の大国の威力に対抗しなければならない。そればかりか、取り返しがつかないほど文化の時代が後退しているため、時間という非物質的な力にも対抗しなければならない。そのため、中欧の抵抗運動には保守的な点が、時代錯誤を思わせる点がある。というのも、中欧は、過去を、過去の文化を、過去の近代を復活させようとしているからである。なぜなら、そのような時代においてのみ、つまり、文化的次元を有している世界においてのみ、中欧はアイデンティティを守ることができ、それ自体として認めてもらうことができるからである。

その真の悲劇は、つまりロシアではなく、ヨーロッパである。ヨーロッパ、ハンガリーの通信社の編集長が命を投げ出す用意ができているとして実際に命を落とすほどの価値を体現するヨーロッパ。鉄のカーテンの向こう側にいたかれは、時代は変わり、ヨーロッパ自体にその価値をもはや感じられなくなっているとは考えてもいなかった。平原の国の国境を越えて、テレックスで送った一文が古いものとなり、けっして理解されなくなるだろうということさえも。

訳者あとがき

阿部賢一

「鉄のカーテン」

かつて「鉄のカーテン」と呼ばれるものが存在した。それは、英国首相ウィンストン・チャーチルが一九四六年三月に発した言葉に由来するものであり、二十世紀後半、社会主義諸国のヨーロッパと資本主義諸国のヨーロッパの断絶、冷戦下の東西対立を示す比喩として長きにわたって用いられてきた。東ドイツおよびチェコスロヴァキアと、西ドイツのあいだの国境線上に軍事的な境界線が設置されたように、それは言葉の綾《あや》に留《とど》まらず、人やモノばかりか、情報の交流も制限されていた。西側の人々から見れば、東欧には強権的な政治体制という一面的なイメージばかりがまとわりついていた。

そのような硬直した状況のなか、東と西を分かつ境界線そのものに異議を申し立てたのが、旧チェコスロヴァキア出身の作家ミラン・クンデラ（一九二九―二〇二三）である。一九八三年、クンデラはフランスの『ル・デバ』誌に評論「誘拐された西欧、あるいは中欧の悲劇」を発表し、「中欧」という概念を提示する。翌年に発表された小説『存在の耐えられない軽さ』とともに、同評論は多くの言語に翻訳され、大きな反響を呼ぶ。東西問わず、多くの人々の空間認識の再検討を促す文章だったからである。

だがクンデラの世界観は一九八〇年代に生まれたものではなく、それ以前から時間をかけて醸成されたものであった。その手がかりとなるのが、一九六七年のチェコスロヴァキア作家大会で読み上げられた報告原稿「文学と小民族」である。

「みんなが知っていると仮定できる歴史的な出来事はひとつとして存在しない。そこで私も、数年前に起こった出来事を、まるで千年も昔のことのように語らねばならないのである」[*71]とクンデラが述べているように、以下では、二十世紀の中東欧の歴史に翻弄された作家の生涯をたどりながら、「文学と小民族」と「誘拐された西欧、あるいは中欧の悲劇」という二つの論考の今日的な意義について考えていきたい。

抒情の時代

一九二九年四月一日、ミラン・クンデラはチェコスロヴァキア第二の都市ブルノに生まれた。エイプリルフールに生まれたことについて、本人はそれ自体に「形而上学的意味」[*72]があると述べているように、自分自身ではどうにもならない運命とどのように対峙《たいじ》していくのか（あるいは軽やかに逃れるのか）が、かれの作品においても大きな主題となっている。

父ルドヴィーク・クンデラ（一八九一―一九七一）は音楽学者で、モラヴィアを代表する音楽家レオシュ・ヤナーチェクの高弟として知られ、戦後に設立されたヤナーチェク音楽学院の初代院長を務めている。クンデラも幼少期からピアノを習ったほか、音楽家パヴェル・ハース、ヴァーツラフ・カプラールから作曲を学ぶ（なお、クンデラの一人目の妻オルガはハースの娘である）。

チェコスロヴァキアは一九一八年に独立を宣言したが、それから二十年後の一九三八年九月、ミュンヘン会談で、チェコスロヴァキアのズデーテン地方のドイツへの割譲が一方的に決まる。翌年三月にはチェコはドイツの保護領となり、スロヴァキアは傀儡《かいらい》政権により独立し、チェコスロヴァキアという国名はヨーロッパの地図から消える。クンデラが十歳を迎える直前のことである。

戦後ふたたびチェコスロヴァキアとなった国で、一九四八年、クンデラは、ブルノのギムナジウムを卒業し、プラハのカレル大学に入学する。だが二学期後にプラハ芸術アカデミー映像学部（FAMU）に籍を移し、演出と脚本を学び始める。クンデラの学生時代は、一九四八年の「二月事件」[*73]を経て、共産党による実質的な独裁体制が敷かれた時期でもあった。作家組織も党の統制下に置かれるようになり、一九四九年にはチェコスロヴァキア作家同盟が設立され、唯一の創作手法として社会主義リアリズムが提唱され、芸術家は集団的な利益に即すること、つまり政治的関与が求められるようになる。そればかりか、党の意向に沿っていないと見なされた者は禁錮《きんこ》刑あるいは処刑となる場合すらあった。

一九五〇年六月には、政治家ミラダ・ホラーコヴァー、文筆家ザーヴィシュ・カランドラが処刑され、[*74]翌年には、詩人・翻訳家ヨゼフ・パリヴェッツに禁錮二十年の刑が、画家アルフォンス・ムハ（ミュシャ）の息子で作家のイジー・ムハにはスパイ容疑で禁錮六年の刑が言い渡されている。

当局の締め付けが厳しくなった一九五〇年代前半は「粛清」の時代と呼ばれることがあるが、小説家クンデラは別の見方を提示する。小説『生は彼方《かなた》に』では、一人の若い詩人の姿を通して、次のように語られている。

こんにちでは、みんなにとって、あれは政治裁判、迫害、禁書、裁判による暗殺の年月だ。しかし、その時のことを覚えている筆者としては、筆者なりの証言をしなければならない。あれはただ恐怖の時代だけではなかった。あれはまた抒情の時代でもあったのだ！　詩人たちはその時代、死刑執行人たちと一緒に君臨していたのだ。*75

この小説では、主人公ヤロミールが無邪気なまでの純朴さで戦後のチェコスロヴァキアで共産主義を信奉し、詩人となっていく姿が描かれている。クンデラにとっての「抒情《じょじょう》」とは一つの陶酔であり、それによって革命と共鳴し合う。若い詩人は主観的な世界を言葉に綴《つづ》り、その言葉に陶酔する。それは、当時の社会が客観性を欠いた世界に陶酔していった様相と歩みをともにしている。それゆえ、そこでは詩人と死刑執行人が並列されている。もちろん、この小説で描かれる詩人ヤロミールは虚構の存在である。だが、クンデラの来歴を知る者はその詩人に小説家自身の若い姿を思わず重ねてしまうかもしれない。というのも、クンデラ自身もまた、戦後、共産主義に傾倒し、ロシアの革命詩人マヤコフスキー、ウクライナの詩人ティチナなどの翻訳を手がけたほか、詩人として活躍していたからだ。

＊

一九五三年、クンデラは詩集『人間、この広い庭』でデビューを果たすと、『最後の五月』（一九五五年）、『いくつかのモノローグ』（一九五七年）と詩集を立て続けに発表し、若き世代の詩人としてその地位を確固たるものとする。ちなみに、詩集『いくつかのモノローグ』は十年のあいだに四回刊行されているが、五千部（一九五七年、初版）、六千部（一九六四年、第二版）、一万五千部（一九六五年、第三版）、四万部（一九六七年、第四版）と、版を重ねるたびに部数が増えている。日本の約十分の一に相当するおよそ千三百万人ほどの人口の国（当時）において六万部を超える詩集が流通していたことは、クンデラの人気の高さを如実に示している。

クンデラは教育者でもあり、母校のプラハ芸術アカデミー映像学部で「世界文学」を講じていたが、多くの受講生が魅力的な授業をしていたと証言している。一九六二年には戯曲『鍵の所有者たち』、一九六三年には短篇《たんぺん》集『可笑《おか》しい愛　三つのメランコリックな小話』（現在流通している版とは異なり、三篇のみが収録され、一九六五年に『可笑しい愛　第二のノート』、一九六九年に『可笑しい愛　第三のノート』が刊行された）を発表し、一九六〇年代を代表する若き作家としての頭角を現していたのである。

一九六七年の作家大会

クンデラが作家としてのキャリアを順調に築いていった一方で、チェコスロヴァキアにおける政治と文化の関係は緊迫したものだった。社会主義リアリズムが芸術理念として掲げられていたものの、そのあり方についてはさまざまな議論があったほか、一九五三年のスターリンの死後、モスクワでフルシチョフ第一書記によってスターリン批判が始まると、チェコスロヴァキアでも党の運営方針に対して批判の声があがる。

そのような中、一九五六年四月、プラハで開催されたのが第二回チェコスロヴァキア作家大会である。作家同盟に属する作家、翻訳家、批評家などに加え、共産党の幹部も出席する作家大会は、文学のあり方を議論し、確認する最高機関であった。一九四九年に開催された第一回作家大会では、社会主義リアリズムを主たる理念とすること、作家同盟が共産党の文化政策を実現することが確認されると同時に前衛芸術、モダニズム文学などが完全に否定された。第二回大会では、その反動で一部の作家や詩人が党の方針に異議を申し立てる機会にもなった。同大会には世界各地の文学者も招待され、日本からは安部公房《あべこうぼう》（一九二四―一九九三）が出席し、大会の所感を次のように述べている。

だから、作家大会の報告を翻訳しおわってみても（毎晩つづけて、十日以上もかかった)、ただ至極当然なことが言われているような気がしただけで、さした感銘もうけなかった。というのは、大会報告の基調は、大体私が感じとっていたチェコ文化の特徴を、くりかえし強調したものにすぎず、それもやや現象に流れ、美学問題を理論的に追求するというほどのものではなかったからだ。*76

安部は作家大会そのものからはあまり刺激を受けなかったようだが、スターリン批判を経て、風向きが徐々に変わりつつあった。一九六三年の第三回作家大会でもその傾向は強まっていく。プラハを代表するドイツ語作家といえば、フランツ・カフカ(一八八三―一九二四)がいる。『変身』などの著作を残したこのユダヤ系作家は戦後、欧米や日本で大きなブームを引き起こしていたが、チェコスロヴァキアでは、「人民」にはほど遠い、退廃した作家と見なされ、黙殺されていた。

だが一九六三年、プラハ近郊のリブリツェでフランツ・カフカ会議が開催され、プラハのドイツ語作家を見直す機運が生まれる。そればかりか、クンデラ初の短篇集

『可笑しい愛　三つのメランコリックな小話』が発表されたり、ヤン・カダール、エルマール・クロス監督による映画『大通りの店』（一九六五年）が一九六六年にアカデミー賞外国語映画賞を受賞したりするなど、チェコスロヴァキアの文化が国際的にも注目されるようになる。

一九六〇年代、文化的な開花が見られた一方で、党の関係者は作家たちの行動や発言を警戒し、手綱を締める機会を窺《うかが》っていた。例えば、一九六五年、党派性の薄い文学雑誌『トヴァーシュ』が一時廃刊に追い込まれたり、一九六七年一月に「出版の中央管理に関する決議」が発効し、検閲が実質的に合法化されたりするようになっていた。このように、一九六〇年代後半になると、共産党による統制と、自由を求める作家や文化人との駆け引きが進められていたのである。

その両者の対立が表面化したのが、一九六七年六月二十七日から二十九日にかけて、プラハで開催された第四回チェコスロヴァキア作家大会である。じつは、その準備段階でも両者の交渉は水面下で行なわれ、党の関係者は過去二十年の文学を肯定的に評価するようにと迫っていたが、一部の作家はそれを拒否し、対立が先鋭化していた。結果的に「ヒューマニズム」という無難な言葉が両者の妥協点となり、大会で採択される予定の決議案の原文にはその言葉が数カ所で響いている。

六月二十七日、プラハのヴィノフラディにある鉄道員文化会館（現・国民会館）で、同大会は初日を迎える。まず詩人ヴィレーム・ザーヴァタが「親愛なる同志諸君」と呼びかけて開会の挨拶をし、次いで一人目の報告者として登壇したのがミラン・クンデラであった。本来であれば、同盟の執行部が承認した大会の決議文の原案の意義を説明することが、かれの役回りであったが、党の関係者が居並ぶ壇上で、作家は事前交渉の内実を告発し始める。

作家同盟の中央委員会は、冗長で、権威的で、退屈きわまりない通常の基調講演の形ではなく、今日の文化・政治の問題に対する見解を提示する意向があったが、党中央委員会から激しい非難を浴びたため、それが撤回されたこと、一九三八年以来、三十年ぶりに文化が「飛躍の時代」を迎えているにもかかわらず、意図的にその点を評価する姿勢を見せようとしないと述べ、「文学と小民族」の演説を始める（なお、以上の箇所は本書には収録されていないが、同年に刊行された大会記録には掲載されている）。

クンデラの報告の意義

クンデラの報告は、党の関係者、作家同盟の関係者、報道関係者が一堂に会する場において、党の政策を批判し、党の関係者に冷や水を浴びせるものだった。しかしながら、かれは作家である。あるメッセージを効果的に伝えるためにはレトリックが必要である。そこでかれが用いたのは「小民族」という概念であった。クンデラは、当時公的な場で用いられていた「親愛なる同志」という言葉ではなく、「親愛なる友人の皆さま」という表現を用いて、演説を始める。

まず「チェコ民族の存在は一度たりとも自明であったことはなく、ま﹅さ﹅に﹅自﹅明﹅で﹅な﹅い﹅こ﹅と﹅が﹅、その最も顕著な特徴である」と述べ、観衆を仰天させる。十九世紀初頭の民族再生運動での議論をなぞりながら、民族の存在はその文化的価値によって条件づけられること、その価値が全人類的なものであることを訴え、民族にとっての文化の重要性を強調する。一九六〇年代、映画、演劇、文学、美術などで見られた文化的な発展は、特定の職能集団の問題ではなく、「最も重要な民族的な出来事」であると指摘をし、検閲の強化を進めようとしていた共産党幹部を暗に批判する。小民族であるがゆえに、文化は民族の存在の根幹に関わるというクンデラの強い意識がここで示されている。

次いで、クンデラはチェコ・ヌーヴェル・ヴァーグを代表する映画『ひなぎく』に触れる。ヴィエラ・ヒチロヴァー監督が手がけた同作は二人の若い女性が自由奔放に生きる日々を描き、当時の社会に衝撃を与えたが、主人公について、クンデラは自分たちの地平の外にあるものを手当たり次第に壊す「破壊者（vandal）」と形容する。だがそのような破壊者は自分たちの周囲にもおり、彫刻の撤去を命じる政治家、公務員も同じ破壊者に他ならないと看破する。この事例を踏まえて、クンデラは文化の繁栄を妨げる検閲について批判を展開し、芸術作品が個々の作家の表現に留まらず、民族の存在に関わるものであることを強調したうえで、偏狭さ、破壊主義によって、文化の発展を妨害するものは、民族の存在を妨げるものに他ならないと主張し、報告を終える。

クンデラが口火を切ったことにより、コホウトをはじめ多くの作家が次々と党の政策を批判し、党の代表として出席していたイジー・ヘンドリフは会の途中で退席する始末であった。

クンデラの報告の意義は、いくつかある。まずは当時のチェコスロヴァキアにおいて、一つの文化的な方向性を示した点である。一人目の報告者として、民族の存在意義という誰もが否定しがたい論点から検閲を批判し、第四回作家大会の方向性を決定づけた。当然ながら、大会後、共産党の幹部は、クンデラを党の規律委員会にかけたほか、『リテラールニー・ノヴィニ』編集部の大半を解雇し、党の意向に沿う人々を送り込むなどの対応を取った。しかしながら、作家たちの発言を完全に制御できない共産党体制の弱体化を示すことにもなり、これが翌一九六八年の「プラハの春」への導火線になったとも言えるだろう。

そして、その報告は現代社会における「小民族」の意義をめぐる洞察にもなっている。ゴルドン・シャウエルの発言を踏まえて、クンデラはこう問いかけている。「仮に民族が主権を喪失するような事態になっても、その価値を守れるだろうか？」と。後半ではベルギーのフランデレン語話者の事例が挙げられているように、この報告はチェコ民族をその中心に置きながらも、「小民族」をめぐる考察になっており、そればかりか、「二十世紀後半、統合という大きな展望が開かれた。（……）小さな存在はより大きな存在に結びつけられる。国際的な文化交流は集中し、統一に向かう」とあるように、グローバリズムの弊害も視野に収められている。

最後に、クンデラの小説世界との関連で言えば、自分の位置や作品を、民族文化の枠組みを超えたヨーロッパあるいは人類といった大きな文脈で考察している点を見過ごすことはできないだろう。そのような俯瞰《ふかん》的な視点に立つことで、大会の出席者だけではなく、潜在的な聴衆に対しても大局的な見地からの思考の転換を促しているのである。

「プラハの春」

一九六八年一月、改革派のアレクサンデル・ドゥプチェクが党第一書記に就任し、さまざまな政策の転換を行なう。文化面においては検閲の完全廃止という画期的な成果が達成され、「人間の顔をした社会主義」を標榜《ひょうぼう》する一連の改革は「プラハの春」と呼ばれた。だがその歓喜は長くは続かず、同年八月二十一日、ソ連軍を中心とするワルシャワ条約機構軍がチェコスロヴァキアに侵攻し、民主化の動きを封じ込めようとする。

小説『存在の耐えられない軽さ』では、「プラハの春」の挫折が背景として描かれている。

あの一般にひろまっていた幸福感は占領の最初の七日間だけしかもたなかった。国の代表者たちはロシアの軍隊によってまるで罪人のように連れ去られ、誰もどこにいるのかを知らず、人びとはその人たちの生命を案じてふるえた。ロシア人に対する憎悪はアルコールのように人びとを酔わせた。それは憎悪に酔いしれたお祭りであった。チェコの町という町は嘲笑の文句、警句、詩、ブレジネフとその軍隊の漫画の書かれた何千もの手書きのポスターで飾られ、誰もがそれを見て無学の者たちのサーカスでも見るように笑った。でもどのようなお祭りも永遠に続くわけにはいかない。ロシア人はその間に逮捕した国の代表者たちに、モスクワで妥協の協定のようなものにサインすることを強制した。ドゥプチェックはその協定を持ってプラハに帰り、ラジオで声明を読み上げた。彼は六日間の投獄で疲弊しきっており、話すことができないで、声をつまらせ、肩で息をしたので、センテンスとセンテンスの間に三十秒も続くかという切れ目が数限りなく繰り返された。*77

もちろん、『存在の耐えられない軽さ』は「プラハの春」を描いた歴史小説ではない。しかしながら、一九六八年のプラハという具体的な時代と場所における人々の実存をめぐる普遍的な問いかけが同書の出発点になっており、それによって当時のある様相を明確に浮かび上がらせているとも言えるだろう。

ドゥプチェクの沈黙に象徴されるように、「正常化」と呼ばれる時代が到来し、「プラハの春」で見られた文化開放政策からの転換が生じ、文学、映画、演劇など芸術表現の制約、具体的には作品の発表が公的には認められない状況が生じる。クンデラはプラハ芸術アカデミーから解雇され、妻ヴィェラもチェコテレビ局から職を追われる。

作家をめぐる状況も同様であり、政治体制に迎合(適応)した一部の作家を除き、作家の多くは自作を地下出版(サミズダート)か、あるいは亡命出版で刊行するという選択を迫られる状況が生じた。クンデラもまた、この時期、『生は彼方に』(一九六九年脱稿、一九七三年フランス語版刊)、『別れのワルツ』(一九七二年脱稿、一九七六年フランス語版刊）といった小説を執筆するが国内で発表することは叶《かな》わなかったのである。

フランスへの移住、そして「東欧」の発見

一九七五年、クンデラは妻ヴィェラとともにフランスのレンヌに渡る。当初は短期間の滞在予定であったが、結果的にはフランスに亡命、移住することになる。初めはレンヌの大学で、その後はパリの社会科学高等研究院で教鞭《きょうべん》を執り、中欧文化に関する授業を担当する。並行して執筆活動も行ない、『笑いと忘却の書』（一九七九年）、『存在の耐えられない軽さ』（一九八四年）などを次々に発表していたため、傍《はた》からは順調な生活を営んでいるように見えたかもしれない。だが実際のところ、クンデラはある悩みを抱いていた。一つは翻訳の問題である。チェコ語で執筆された作品を原書で読む読者は限られ、翻訳を通しての流通が一般的になったが、その翻訳もしばしば問題を伴うものだった。それゆえ、のちにかれは執筆言語をフランス語に移行するこ

とになる。

もう一つの悩み、それは「東欧」というレッテルであった。評論『カーテン』には次のような一節がある。

> 私は七〇年代に祖国を去ってフランスに来たのだが、そこでは自分が「東ヨーロッパからの亡命者」であることを発見して驚いた。じっさいフランス人にとって私の国は、ヨーロッパの東方の一部だったのだ。私はいたるところで、私たちの状況の真の非道さを熱心に説明した。国民主権を奪われた私たちは、ただ別の国に併合されたのではなく、別の世界、ヨーロッパの東側の世界に併合されたのだ。[*78]

自分のものではないコンテクストへの強制的な移動に対して反感を抱いたクンデラが執筆したのが「誘拐された西欧、あるいは中欧の悲劇」である。この評論は、一九八三年十一月、『ル・デバ』誌（二十七号）で発表されたのち、翌年『ザ・ニューヨーク・レヴュー・オブ・ブックス』誌（一九八四年、四月号）に英訳が掲載されるなど、短期間のあいだに主要な欧米の言語に翻訳され、大きな反響をもたらす。この評論は、社会主義圏のヨーロッパ（東欧）と資本主義圏のヨーロッパ（西欧）という冷戦下の二項対立の状況において、「中欧」という概念を声高に宣言し、現実の捉え方に一石を投じるものであったからである。

もちろん、「中欧」という概念については、クンデラ以前にも多様な議論がなされていた。神聖ローマ帝国、オーストリア帝国など、さまざまな枠組みでの定義が試みられてきたが、二十世紀において一つの参照項となるのが、ドイツの政治家フリードリヒ・ナウマン（一八六〇―一九一九）による『中欧（*Mitteleuropa*）』（一九一五年）だろう。ドイツ帝国とオーストリア＝ハンガリー二重君主国の連邦的合体と統一経済圏の樹立を主張し、ドイツ内外でさまざまな議論を呼ぶ。しかしながら、ドイツを中心とした理念であったため、チェコやハンガリーなど、非ドイツ語文化圏では否定的に受け止められていた。

クンデラも、自身が思い描く「中欧」はドイツ語の Mitteleuropa ではないとたびたび強調している。かれにとっての中欧とは、「一つの国家ではなく、一つの文化、あるいは一つの運命」であり、「共通の大きな状況」である。たしかに、クンデラが念頭に置いているのはハプスブルク帝国の中欧像であることに間違いはない。だがけっしてウィーンだけが中心にあるのではなく、ワルシャワ、プラハ、ブダペスト、ザグレブといった多中心的な像を思い描いている。

クンデラは「誘拐された西欧、あるいは中欧の悲劇」発表後も中欧をめぐる考察を進め、評論『カーテン』では、中欧の特徴を次のように示している。


中央ヨーロッパの境界線を持続的かつ厳密に引くことができないのは本当だろうか？　もちろんそうである！　これらの諸国民はかつて一度もみずからの命運の主人であったことも、みずからの境界線の主人であったこともない。これらの諸国民はめったに〈歴史〉の主体であったことがなく、ほとんどつねに客体だった。彼らの統一性は非＝志向的なものだったのだ。これらの諸国民が互いに近しかったのは、意志によってでも、共感によってでも、言語的な近さによってでもなく、類似の経験のゆえ、様々な時期に様々な配置のなかで、流動してやまず、けっして最終的ではない境界線のなかで彼らを結集した共通の歴史的状況のゆえなのである。*79

「〈歴史〉の客体」としての中欧という視点は、この地の人々の歴史認識に多大な影響を及ぼすと同時に、中欧の文学世界を理解する一つの鍵概念となった。例えば、ある朝目覚めたら虫になっていたグレゴール・ザムザも（フランツ・カフカ『変身』）、第一次世界大戦にオーストリア軍として従軍するチェコ兵士シュヴェイクも（ヤロスラフ・ハシェク『善良なる兵士シュヴェイク』）、あるいは冗談を発して思いがけない体験をするルドヴィークも（ミラン・クンデラ『冗談』）、皆、状況の客体になっており、そのような世界観が中欧文学の一つの重要な系譜を形作っているとも言えるだろう。

「誘拐された西欧、あるいは中欧の悲劇」の射程

とはいえ、クンデラの議論は文学世界に限定されたものではない。今一度、クンデラの中欧論の射程を考えてみたい。

一つは、チェコをはじめ、閉塞状態にあった「東欧」にいた人々の意識を鼓舞したという点である。例えば、チェコの批評家ヨゼフ・クロウトヴォルは、こう述べている――「私は初めて「中欧」という概念に出会い、この概念にすぐに惹きつけられた。たぶん失われたアイデンティティーを見つける必要からだろうが、私は、かつてヨーロッパの中央で分解していった未知の地域に関心を抱き始めた。我々はここで孤立的に生きているのではなく、より広い関係と関連の一部なのだということを、私はますます意識し始めた[*80]」。またこの評論発表後の一九八四年には地下出版の雑誌『中欧

(*Střední Evropa*)』がプラハで刊行され、歴史認識、文化をめぐり、検討を行なう場が出現し、その後の民主化にも一定の影響を及ぼす。

次いで、西側の人々の意識の変革という点がある。フランスの哲学者アラン・フィンケルクロートは、クンデラが文明という次元から中欧の国々の悲劇を描いたと高く評価し、自著『思考の敗北』にも少なからず影響があったことを認めている。[*81] また自身が創刊した雑誌『ル・デバ』でクンデラに発表の場を提供したのは、フランスの歴史学者ピエール・ノラであった。

その一方で、クンデラの見解に対して否定的な反応があったのも事実である。オーストリアの作家ペーター・ハントケが、中欧は「気候を表す概念でしかない」と切り捨てたことはよく知られている。旧ユーゴスラヴィア出身の文学者プレドラグ・マトヴェイェーヴィチもまた、文化だけでは何もできないにもかかわらず政治的な側面をまったく考慮していないと強く批判を行なっている。[*82] とりわけ、あまりにも図式的にロシアを捉えているとして強い反感を示したのが、ロシアの文化人たちであった。[*83]

マトヴェイェーヴィチの見解はある意味で的を射ている。現実政治から目を逸《そ》らすことはできない。だが、文化的な土壌なくして、共同体の構築も困難であろう。今日、EU（欧州連合）はその求心力を探求しているが、クンデラが述べているように、ヨーロッパがヨーロッパである要素を知らずにいる。そしてそのような議論は、ヨーロッパに限らず、グローバル化が進むあらゆる地域において一層熱を帯びている。

たしかにクンデラの文章には懐古的な面もあれば、ユートピア的な響きが漂っている面もある。プラハ生まれのフランスの政治学者ジャック・ルプニクが今日の中欧について「ひとつの科学的概念というよりは、むしろひとつの精神状態である」[*84]と述べ、ジャック・ル・リデーが同地域を「伸縮する空間」[*85]と形容し、あるいは、ポーランドの現代作家オルガ・トカルチュクが「幻影《ファントム》」[*86]という表現を用いて中欧文学を論じたように、「中欧」の意味内容が可変的であることは言うまでもない。

だがクンデラの中欧論が他の論者の見解と根本的に異なっているのが、「小民族」という概念を中心に置いている点である。これは明らかに西側のドイツ、東側のロシアに囲まれた小民族という含意があり、「最小限の空間における最大限の多様性」という原則を抽出し、東欧革命後のEU拡大の機運につながるものになったと言えるだろう。また中欧の総体を定義する際に、政治的な境界線ではなく、「共通の大きな状況」と指摘することで、政治学の枠組みでは捉えることのできない人間の実存をめぐる状況を浮かび上がらせている。当然ながら、この点は、クンデラの小説の底に流れるモティーフとなっており、前半の「文学と小民族」との接点ともなっている。

「われわれがあまり知らない遠く離れた国」あるいは小民族

実存をめぐる考察はある種の抽象化を可能にする。つまり、二十世紀のチェコという個別の状況だけではなく、異なる時代と場所にも適用しうることを意味する。たしかに「小民族」という意識はチェコが体験した歴史から生まれたものである。

例えば、ミュンヘン会談を思い出せばいいだろう。一九三八年九月、ミュンヘンで、ドイツ、イタリア、フランス、英国は、チェコスロヴァキアの関係者が不在のなか、同国のズデーテン地方をドイツへ割譲することを決定する。

当時、英国首相チェンバレンが「われわれがあまり知らない遠く離れた国（a far away country of which we know little)」と言ったとされることについて、クンデラはこう述べている。「チェンバレンがチェコスロバキアの犠牲を正当化しようとして口にした、この有名な言葉は正しかった。ヨーロッパでは、一方に大国があり、他方に小国がある。折衝の広間にどっかと腰を落ち着ける国民と、ひと晩中ずっと控え室で待たされる国民とが。／（……）小国民にとって、みずからの存在は当たり前の確信ではなく、つねに疑問、賭、危険なのだ[*87]」。

このように、主体的な関与がないまま、自国の運命が一変する出来事は、ミュンヘン会談から三十年後の一九六八年八月、ソ連軍を中心とするワルシャワ条約機構軍のチェコスロヴァキア侵攻でも繰り返される。クンデラが「小民族」の議論を深めていった背景には二十世紀のチェコの歴史が深く関係していることは改めて指摘するまでもない。

しかしながら、「いついかなるときにもその存在が脅かされ、消失すらしてしまいかねない民族であり、そのことを自覚している民族」という小民族の定義は、チェコの人々に限られたものではない。この点は、小説の読解とも関連するポイントである。クンデラの小説の多くは、チェコを舞台としている。そのため、その多くは共産主義体制批判の書として読まれることがしばしばあった。だがクンデラの小説は、一九六〇年代のチェコスロヴァキアといったある特定の時代や場所を描こうとしたものではなく、そのような「〈歴史〉それ自体が実存的状況として理解され、分析[*88]」されることを念頭に置いている。

先に引用したように、『存在の耐えられない軽さ』では、党の第一書記ドゥプチェクがソ連の書記長ブレジネフとの交渉を経て帰国し、ラジオで国民に呼びかける際、言葉が詰まるシーンがある。ここでクンデラが描いたのは、ドゥプチェクという個人の心情であると同時に、「弱さ」という普遍的なものであった。つまり、本書の二篇のテクストは、歴史的な考察であると同時に文学的な考察でもあるのだ。それによって、他の時代や地域においても援用可能な視点を提供することになるからだ。

例えば、二〇二二年以降のウクライナ、あるいはパレスチナの人々、もしくはまだ意識されない他の地域の「小民族」に対して、本書は考える視座を提供してくれる。二〇二一年十一月、ガリマール社は『誘拐された西欧』（本書の二篇を収録）を単行本として刊行し、翌年にはイタリア語訳が刊行されたが、現地ではウクライナ情勢と重ねて読む人々が多くいたと言われており、実際、そのような読み方は否定されるものではないだろう。

このように文学者の視点から論じたことによって、特定の状況を解釈する文書とはならずに、ある種普遍的な射程に収めることができたのであり、それはクンデラという作家の小説にも当てはまることだろう。

小説家の晩年

「誘拐された西欧、あるいは中欧の悲劇」を発表したあとも、クンデラの執筆活動が衰えることはなかった。「プラハの春」を題材にした小説『存在の耐えられない軽さ』は名実ともに、クンデラの代表作となり、ロングセラーとなったほか、一九八八年にはフィリップ・カウフマンによって映画化もされた。

一九八九年、ビロード革命によって、チェコにおける共産主義体制が崩壊するが、その直後に発表した『不滅』（一九九〇年）は、それまでの作品とは異なり、物語の舞台がフランスに設定された初めての小説になったと同時に、チェコ語で執筆した最後の小説となる。『緩やかさ』（一九九五年）以降、クンデラは小説もフランス語で執筆するようになり、『ほんとうの自分』（一九九七年）、『無知』（二〇〇〇年）、『無意味の祝祭』（二〇一三年）といった作品を発表する。

並行して、評論も手がけ、『小説の技法』（一九八六年）に続いて、『裏切られた遺言』（一九九三年）、『カーテン』（二〇〇五年）、『邂逅《かいこう》』（二〇〇九年）を世に出している。二〇一一年には、主要著作が全二巻にまとめられ、パリのガリマール社のプレイヤード叢書《そうしょ》に収められた。権威的な叢書に存命中の作家の作品が収録されるのは異例のことであった。

長年自作の公刊が認められていなかったチェコにおいても、一九九一年以降、ブルノのアトランティス社から小説、評論ともに刊行が始まった。これまでトロントの亡命出版が刊行した版しか流通していなかったが、ようやくチェコ国内の書店でもクンデラ作品が読めるようになったのである。近年では、『緩やかさ』『無知』など、フランス語で執筆した作品もチェコ語に訳出されるようになったが、戯曲『プターコヴィナ』はチェコ語でしか刊行されていない。作家がチェコ語、フランス語という二言語で執筆したように、作家の全貌を捉えるには両言語の知識は不可欠である。それはまさに中欧の知識人に見られる多言語、多文化的な姿勢の表れでもあるからだ。

このような多言語的な環境に身を置いたことで、クンデラは相対化する視点を獲得したと言えるだろう。その一つは、みずからが体験した〈歴史〉に対する距離感である。フランス語で初めて執筆された小説『緩やかさ』では、あるチェコの昆虫学者の悲哀が描かれている。かれは、一九六八年以降、肉体労働に従事したが、体制転換を経て、フランスでの学会に出席する。二十年ぶりの晴れ舞台に感極まって感動的なスピーチをし、拍手を浴びるが、自席に戻ってから、肝心の研究報告をし忘れたことに気づく。

その後、フランスの知識人がその機を利用して、フランス＝チェコ昆虫学協会創設を提案するも、協会名の候補にチェコとは関係のないポーランドの詩人ミツキェーヴィチの名前を連呼し、その振る舞いもポーズにすぎないことが明らかになる。「ひとが現代史を語る、その語りかたは、ベートーヴェンの百三十八の作品を一気に、ただしそれぞれの作品の最初の八小節だけを演奏してみせる大コンサートに似ている[*89]」とあるように、〈歴史〉に対する私たちの認識がいかに断片的なものか、皮肉を込めて語られている。つまり、ある歴史的な体験をしたと本人は思っていても、他者は必ずしも同じ意識を共有していないという認識である。

次に、作家と言語あるいは言語文化との関係であろう。冷戦下において、クンデラはしばしば亡命作家として形容されてきた。その結果、多くの人々は、状況が変われば国に戻るのだろうと想定していた。だがビロード革命後、亡命作家の多くが帰郷したのに対し、クンデラはパリ在住を選んだため、そのことを批判する人々も少なからずいた。これに対し、クンデラは、同じくチェコ出身で、フランス語で執筆する作家ヴィェラ・リンハルトヴァー（一九三八―）の言葉「作家はただひとつの言語の囚人ではないのですから」[*90]に全面的に賛同し、個人を特定の民族の所有物と見なす見解に異議を呈する。その精神をみずからも体現したのだろうか、クンデラもまた、執筆言語をチェコ語からフランス語へと移行させたのである。

ミラン・クンデラは、二〇二三年七月十一日、パリで他界した。チェコスロヴァキア共和国の時代に生まれ、社会主義の国で青年期を、フランスで亡命生活を過ごし、ビロード革命後もパリに留まった作家は、九十四歳でその生涯を終えた。「チェコ」の作家であり、かつ「フランス」の作家でもあったかれは、二十世紀後半の歴史と文学を「中欧」という視点から体現した作家であり、本書に収録された二篇の文章はまさにその視点を理解するうえで貴重な証言となっている。

＊

本書に収録された名評論の解説を執筆した二人について触れよう。

まず「文学と小民族」に解説を寄せたのは、チェコ出身の政治学者ジャック・ルプニクである。一九五〇年、プラハに生まれ、幼少期を社会主義体制下のチェコスロヴァキアで過ごす。パリのソルボンヌ大学、アメリカのハーヴァード大学で歴史学、政治学を学んだのち、主にパリを拠点にして学術・執筆活動を展開する。中東欧の政治を専門として、数多くの論考、著作を発表する。なかでも、一九八九年刊の著書『もうひとつのヨーロッパ』（邦訳は『「中央ヨーロッパ」を求めて　東欧革命の根源を探る』浦田誠親訳、時事通信社、一九九〇年）は、クンデラの中欧論を補完するものとなっている。また一九九〇年から一九九二年にかけて、体制転換後のチェコスロヴァキアでヴァーツラフ・ハヴェル大統領の顧問も務めた。

「誘拐された西欧、あるいは中欧の悲劇」に解説を寄せたのは、フランスの歴史家ピエール・ノラである。一九三一年、パリに生まれ、社会科学高等研究院などで教鞭を執る。代表作は、記憶と歴史の関係を多面的に考察した編著『記憶の場』（全三巻、一九八四―一九九二年）である。ガリマール社の編集顧問も担当し、さまざまな叢書の編《へん》纂《さん》も手がけた。クンデラのよき理解者でもあったことは、「誘拐された西欧、あるいは中欧の悲劇」のほか、「消え去る詩、プラハ」（一九八〇年。西永良成氏による邦訳は『ユリイカ　特集ミラン・クンデラ』一九九一年二月号に掲載）、「八十九語」（一九八五年。その後追加削除されたものが、『小説の技法』第六部に「六十九語」として収録）といった文章が、一九八〇年にノラが創刊した雑誌『ル・デバ』に掲載されていることからも窺える。後者二篇は、クンデラ没後まもない二〇二三年に改めて一冊の書籍にまとめられ、フランスで刊行された。こちらにもノラが序文を寄せている。

＊

本書の底本は、二〇二一年にガリマール社から刊行されたフランス語版（Milan Kundera, *Un Occident kidnappé ou la tragédie de l'Europe centrale*. Paris, Gallimard, 2021.）である。「文学と小民族」はチェコ語で執筆されているため、同書のチェコ語版（Milan Kundera, *Unesený Západ*. Brno, Atlantis, 2023.）を随時参照した（なお、チェコ語版では「文学と小民族」は「民族の非自明性」という題名になっている）。また里見達郎訳「誘拐された西欧――あるいは中央ヨーロッパの悲劇」（『ユリイカ　特集ミラン・クンデラ』一九九一年二月号）も適宜参考にした。

日本におけるクンデラ作品の翻訳は、同一作品がチェコ語とフランス語から別々に訳出されるなど（『冗談』『存在の耐えられない軽さ』）、特殊な経緯をたどってきた。そのなかでも、小説と評論の主要な作品を体系的に訳出してきたのが西永良成氏である。今回の訳出にあたっても、随所で参考にさせていただいた。この場を借りて、御礼申し上げたい。また刊行にあたっては、集英社クリエイティブ翻訳書編集部の仲新氏にお世話になった。あわせて、感謝の意を表したい。

二〇二五年二月

訳注

文学と小民族　解説

＊1　アレクサンドル＝イサエヴィチ・ソルジェニーツィン（一九一八―二〇〇八）　ソ連・ロシアの小説家。スターリン時代の収容所体験をもとに描いた『イワン・デニーソヴィチの一日』を一九六二年に発表。一九六七年五月、ソ連の第四回作家大会へ公開書簡を送り、検閲の廃止を訴えた。一九七〇年、ノーベル文学賞を受賞するも、一九七四年、ソ連当局によって国外への移住を余儀なくされる。ソ連崩壊後の一九九四年、ロシアに帰国した。

＊2　ギー・ベアール（一九三〇―二〇一五）　カイロに生まれ、レバノンで育つ。パリに移住したのち、シャンソン歌手として頭角を現す。「詩人は真実を口にした」という一節を含むシャンソン「真実」は一九六七年に発表された。娘は俳優のエマニュエル・ベアール。

＊3　FAMU　プラハ芸術アカデミー映像学部の通称。一九四六年設立、当初は映画学部だったが、一九五三年にテレビを含む映像学部に改組。フォルマン、ヒチロヴァーら、数多くの映画監督を輩出した。クンデラは一九四八年から一九五三年にかけて同校で演出と脚本を学び、その後、一九七〇年まで世界文学を講じた。

＊4　ボフミル・フラバル（一九一四―一九九七）　一九六三年に短篇集『水底の小さな真珠』でデビューを果たし、一躍時代の寵児《ちょうじ》となる。二十世紀後半のチェコ文学を代表する作家。著作の多くが映画化

された。代表作に『わたしは英国王に給仕した』他。一九七〇年代、フラバルの作品の一部は公刊されており、それに対して友人が「体制協力派」だと罵倒した際、クンデラは次のように反駁《はんばく》している――「ひとがフラバルを読むことができる世界は、彼の声が聞き取れないような世界とはまったく異なっている。フラバルの本のたった一冊のほうが、やたらに抗議の行為や声明などをおこなうわれわれ全員よりも、はるかに人びとに、人びとの自由に役立っているのだ！」（『邂逅　クンデラ文学・芸術論集』西永良成訳、河出文庫、二〇二〇年、一四八頁）。

＊5　ヨゼフ・シュクヴォレツキー（一九二四―二〇一二）　チェコの作家。第二次世界大戦最後の数日間を描いた小説『臆病者たち』（一九五八年）で話題を呼ぶ。一九六八年のチェコ事件（ワルシャワ条約機構軍による侵攻）以降、カナダのトロントに移住し、現地でチェコ文学の出版を手がける68出版社を設立した。クンデラの評論『邂逅』には、「ふたつの偉大な春とシュクヴォレツキー夫妻について」という小文が収録されている。

＊6　ルドヴィーク・ヴァツリーク（一九二六―二〇一五）　長年編集者として活動し、一九六五年以降は『リテラールニー・ノヴィニ』の編集者となり、第四回作家大会などで重要な役割を担う。自伝的要素のある小説『斧《おの》』（一九六六年）では、モラヴィアの方言を用いて父と子の関係を描いた。一九六八年の民主化を訴える「二千語宣言」の草案作成に関わったほか、一九七三年以降は地下出版を手がけ、反体制文学の一つの拠点を築いた。

＊7　ヴァーツラフ・ハヴェル（一九三六―二〇一一）　一九六三年、戯曲『ガーデン・パーティ』がプ

ラハの欄干劇場で初演され、不条理演劇の代表的戯曲家と見なされる。チェコ事件以降は、反体制派の知識人として「憲章77」を起草したり、「力なき者たちの力」などの評論を執筆したりした。一九八九年十二月、チェコスロヴァキアの大統領に就任した。

＊8 **ヨゼフ・トポル**（一九三五―二〇一五） ハヴェルとともに一九六〇年代のチェコ演劇を代表する戯曲家。「憲章77」に署名したあとはさまざまな職を転々とした。長男ヤーヒム・トポル（一九六二―）は現代チェコ文学を代表する作家。

＊9 **ミロシュ・フォルマン**（ミロス・フォアマン、一九三二―二〇一八） 映画監督。『ブロンドの恋』（一九六五年）、『火事だよ！カワイ子ちゃん』（一九六七年）が連続してアカデミー賞外国語映画賞にノミネートされる。チェコ事件以降はアメリカに移住し、『カッコーの巣の上で』（一九七五年）、『アマデウス』（一九八四年）など代表作を次々と世に出す。

＊10 **イヴァン・パッセル**（アイヴァン・パッサー、一九三三―二〇二〇） 映画監督、脚本家。チェコ時代に監督した長編映画は『親密な光』（一九六五年）一作だけだが、同時代を代表する作品として多大な影響を及ぼす。フォルマンの映画で脚本を手がけ、チェコ事件以降はフォルマンとともにアメリカに移住する。

＊11 **イジー・メンツェル**（一九三八―二〇二〇） 映画監督。フラバルの同名小説を原作とする『厳重に監視された列車』（一九六六年）でアカデミー賞外国語映画賞を受賞。フラバルの小説を多数映画化したことで知られる。

＊12　**ヤン・ニェメッツ**（一九三六―二〇一六）　映画監督。アルノシュト・ルスティク原作の『夜のダイヤモンド』（一九六四年）、『祝祭と客人たち』（一九六六年）はチェコ・ヌーヴェル・ヴァーグを代表する作品として知られる。

＊13　**ヴィエラ・ヒチロヴァー**（一九二九―二〇一四）　映画監督。二人の少女が自由奔放に過ごす様子を描いた代表作『ひなぎく』（一九六六年）によって衝撃を与える。チェコ・ヌーヴェル・ヴァーグの女性監督として異彩を放った。

＊14　**フランツ・カフカ会議**　一九六三年にチェコのリブリツェで開催された国際会議。国内ではタブーとされていたプラハのユダヤ系ドイツ語作家カフカの文学に光を当てる契機となっただけではなく、国内の文化情勢に風穴を開ける要素もあった。

＊15　**アントニーン・ノヴォトニー**（一九〇四―一九七五）　一九五三年、ゴットヴァルトの後継者としてチェコスロヴァキア共産党第一書記に就任、一九五七年以降は大統領を兼任した。一九六〇年には国名を「チェコスロヴァキア社会主義共和国」に改称するなど、ソ連路線を堅守したが、改革派から批判を受け、一九六八年に第一書記、大統領を解任される。

＊16　**パヴェル・コホウト**（一九二八―）　戯曲家、小説家。戦後は共産主義者として文筆活動を行なっていたが、第四回作家大会でソルジェニーツィンの検閲廃止を訴える書簡を読み上げ、体制批判の立場を明確にする。一九七九年、オーストリアに出国したものの、帰国が認められず、事実上の国外追放となる。ビロード革命後はプラハに戻って執筆活動を続けた。

＊17　**イジー・ヘンドリフ**（一九一三―一九七九）　第二次世界大戦中に抵抗運動に加わり、一九四一年、ゲシュタポに逮捕され、大戦終了までマウトハウゼンの収容所で過ごす。戦後、チェコスロヴァキア共産党中央委員に任命され、一九五〇年代以降、ノヴォトニーの側近となり、その意向に沿った社会主義路線を推し進める。第四回作家大会では党中央委員会の代表として出席していたが、党を批判する声が続けざまに上がり、途中で退席をする。

＊18　**ヤン・プロハースカ**（一九二九―一九七一）　小説家、脚本家。一九六〇年代までは共産党のイデオロギーに賛同していたが、第四回作家大会の頃から批判の側に回る。脚本を手がけた『耳』は、カレル・カヒニャによって一九六九年に映画化されたが上映が認められず、チェコで公開されたのは一九九〇年だった。

＊19　**アルノシュト・ルスティク**（一九二六―二〇一一）　ユダヤ系の出自を有するチェコの作家。戦時中、テレジーン、アウシュヴィッツなどの収容所に送られるが、奇蹟《きせき》的に一命を取り留める。戦後は『少女カテジナのための祈り』（一九六四年）など、ホロコーストを題材にした小説を数多く執筆。イタリア滞在中にチェコ事件が起こり、その後、アメリカに移住。ビロード革命後はチェコに戻り、雑誌『プレイボーイ』（チェコ語版）の編集長を務めたほか、執筆を続けた。

＊20　**ビーラー・ホラの戦い**　一六二〇年、プラハ近郊のビーラー・ホラで行なわれた神聖ローマ帝国軍（カトリック）とボヘミアのプロテスタント貴族の戦闘。ボヘミアの貴族が敗北した。以降、カトリック化が進行し、ボヘミア貴族は亡命を余儀なくされ、ボヘミアからチェコの貴族層が消えること

となった。

＊21　**フベルト・ゴルドン・シャウエル**（一八六二―一八九二）　作家、文筆家。チェコ・ドイツ系の家庭に生まれる。評論「私たちの二つの問題」（一八八六年）で「民族の課題はどのようなものか」「民族の存在はどのようなものか」という問いを投げかけ、さまざまな議論を呼ぶ。クンデラの議論はシャウエルの問いかけを引き継いだものとなっている。

文学と小民族

＊22　**民族再生**（národní obrození）　十八世紀末から十九世紀前半にかけて、チェコ民族の復興を企図した運動。十七世紀のビーラー・ホラの戦い以後、ゲルマン化によってチェコの文化は没落したと考え、その文化を再興すべく政治、文化などさまざまな面で民族主義的な傾向を見せた。チェコ系、ドイツ系住民が共存していた土地にあって、チェコ語という言語をめぐる議論がその中軸となり、ヨゼフ・ユングマンの『チェコ語＝ドイツ語辞典』がその一つの到達点となった。だが、編纂時に新語・造語を多数用いたように、「再生」というよりは「創出」という側面も有していた。この運動を通して、チェコ系民族の社会的地位向上が図られると同時に文学・文化活動も積極的に推進され、その影響はスメタナ、ドヴォジャーク（ドヴォルザーク）らの音楽にも見受けられる。

＊23　**フランチシェク・マトウシュ・クラーツェル**（一八〇八―一八八二）　ブルノの司祭であり、哲学者としてさまざまな論考を著す。一八六九年にはアメリカに渡り、教会設立を試みた。ここでの引用は、

一八四二年の論文「世界主義と愛国主義、とりわけモラヴィアを考慮して」より。

＊24 **ヤーン・コラール**（一七九三―一八五二）スロヴァキア出身の詩人。福音派の牧師でもあり、著作の大部分をチェコ語で執筆した。代表作『スラーヴァの娘』（一八二四年）はスラヴ賛歌となっているほか、文献学、歴史研究においても著作を残した。ここでの引用は、『日曜、祝日、折に触れての説教集　第二巻』（一八四四年）より。

＊25 **フランチシェク・クサヴェル・シャルダ**（一八六七―一九三七）チェコの批評家。チェコの近代批評の礎を築いた。ここでの発言は「H・G・シャウエル」（一八九二年）より。

＊26 **フランチシェク・パラツキー**（一七九八―一八七六）チェコの歴史家、政治家。当初は文学者・美学者として頭角を現すが、一八二〇年代以降、『チェコ博物館雑誌』を発行したりするなど、ヨゼフ・ユングマンとともに民族再生運動で重要な役割を担う。一八四八年の革命の際、「フランクフルトへの手紙」で帝国を維持したまま自治の獲得を目指すオーストリアの連邦的改編を主張した。浩瀚《こうかん》な『チェコ民族の歴史』（一八四八―一八七六年、チェコ語版）を著し、「民族の父」と称されることもある。

＊27 **ヤン・ネルダ**（一八三四―一八九一）チェコの詩人、ジャーナリスト。プラハの小地区で生涯を過ごし、庶民的な視点から小説やフェイエトンと呼ばれる文学的な新聞記事を多数執筆した。リアリズムの旗手として知られ、連作短篇集『小地区物語』（一八七八年。邦訳は『フェイエトン　ヤン・ネルダ短篇集』竹田裕子訳、未知谷、二〇〇三年）などを著した。

＊28　イエレニーのジェホシュ・フルビー（一四六〇―一五一四）　人文主義の時代に活躍したチェコの作家、翻訳家。キケロ、ペトラルカ、エラスムスらの著作をチェコ語に訳出し、チェコ語で表現する可能性を高めた。

＊29　ヴェレスラヴィーンのダニエル・アダム（一五四六―一五九九）　十六世紀後半のチェコ人文主義を代表する翻訳家、出版者。チェコ語で『歴史の暦』（一五七八年）を著したり、ラテン語、ギリシア語、チェコ語、ドイツ語の辞書『四言語の森』（一五九八年）を編纂したりするなどした。十九世紀の民族再生の運動時には、参照すべきチェコ語としてかれのチェコ語が模範とされた。

＊30　ヤン・ブラホスラフ（一五二三―一五七一）　チェコの作家、翻訳家、文法家。『チェコ語文法』（一五七一年）を著したほか、『新約聖書』をチェコ語に訳出する。のちにかれの訳業は弟子たちに継承され、ラテン語からではなく、原語からの初めてのチェコ語訳である『クラリツェの聖書』（一五七九―一五九三年）として結晶し、チェコ語・チェコ文学に多大な影響を与える。

＊31　ヨゼフ・ユングマン（一七七三―一八四七）　チェコの言語学者、翻訳家。民族再生運動を代表する人物の一人。「言語には、私たちの民族性が宿っている」と説き、言語中心主義的な思想を実践し、シャトーブリアン『アタラ』、ミルトン『失楽園』など、多数の作品をチェコ語に翻訳し、高尚な芸術表現を創出した。さらに、用例集『言語芸術』（一八二〇年）を手がけたり、『チェコ語＝ドイツ語辞典』（全五巻、一八三四―一八三九年）を編纂したりするなど、近代チェコ語の礎を築いた。

＊32　ヤン・アーモス・コメンスキー（ヨハン・アモス・コメニウス、一五九二―一六七〇）　プロテス

タントのフス派の流れを汲《く》むボヘミア兄弟団の牧師であったが三十年戦争によって故国を追われ、生涯の大半を国外で過ごす。教育思想家として、史上最初の絵入りの語学教科書とされる『世界図絵』(一六五八年)を著すなど、近代教育の祖と称される。チェコ語で執筆した『地上の迷宮と心の楽園』(一六二三年)は中世チェコ文学の傑作である。

＊33　**映画『ひなぎく』**　ヴィェラ・ヒチロヴァー監督による一九六六年の作品。

＊34　非難の対象となったのは、ヒチロヴァー監督の『ひなぎく』(一九六六年)と、ヤン・ニェメッツ監督による『祝祭と客人たち』(一九六六年)の二作品である。

＊35　**ヴォルテール**(一六九四―一七七八)　フランスの啓蒙《けいもう》思想家、文学者。百科全書派の一人として『哲学辞典』を残す一方、『カンディード』などの文学作品も著した。引用は、同時代の思想家エルヴェシウス(一七一五―一七七一)宛ての言葉とされるが、今日ではヴォルテール本人の言葉ではないとされている。

誘拐された西欧、あるいは中欧の悲劇

＊36　**ペテーフィ・シャーンドル**(一八二三―一八四九)　ハンガリー語を母語とする父とスロヴァキア語を母語とする母のあいだに生まれ、ハンガリー語の詩人として活躍。一八四八年には農奴解放などの十二項目の要求を作成したほか、自作の「民族の歌」を読み上げ、ハンガリー革命の口火を切った。リスト、コダーイ、バルトークら多くの音楽家がかれの詩に曲をつけている。

＊37　**アダム・ミツキェーヴィチ**（一七九八―一八五五）　ポーランドのロマン主義を代表する詩人。代表作は叙事詩『パン・タデウシュ』（一八三四年）。一九六八年一月、ポーランド共産党中央委員会は、反ロシア的な表現が含まれるとして、ワルシャワの国民劇場で上演予定であったミツキェーヴィチの詩劇『父祖の祭』の上演を禁止する。これに学生たちが抗議を始め、その後の「三月事件」の引き金の一つとなった。ミウォシュは次のように述べている。「ミツキェーヴィチの『父祖の祭』（反ツァーリズム的、つまりは反ロシア的戯曲）の舞台上演に対して当局が中止命令を出したことで引き起こされた若者の暴動は、社会に鬱積する不満の存在を明るみに出すと同時に、党内派閥の権力闘争に利用された。そして、学生運動の背後にはシオニズムの謀略があるということしやかなデマゴギーによる反ユダヤ主義が持ち込まれる。警察の暴力は若い世代にとってのトラウマ的経験となり、その後公然と叛旗をひるがえすにいたる彼らの「進化」をうながす決定的要因となった」（チェスワフ・ミウォシュ『ポーランド文学史』関口時正・西成彦・沼野充義・長谷見一雄・森安達也訳、未知谷、二〇〇六年、八七八―八七九頁）。

＊38　**ヴィトルト・ゴンブローヴィチ**（一九〇四―一九六九）　ポーランド出身の小説家。一九三九年、ブエノスアイレスに渡った直後にドイツ軍がポーランドに侵攻し、以降、亡命先のアルゼンチンで生涯の半分近くを過ごす。『ポルノグラフィア』『コスモス』などの小説を発表する。

＊39　**チェスワフ・ミウォシュ**（一九一一―二〇〇四）　ロシア帝国領のシェテイニェ村（現・リトアニア）生まれのポーランド語詩人。一九五一年、フランスに亡命。一九六〇年、アメリカに渡り、カリフ

ォルニア大学でポーランド文学などを教える。一九八〇年、ノーベル文学賞を受賞した。

＊40　**レシェク・コワコフスキ**（一九二七―二〇〇九）　ポーランドの出身の哲学者。市民を現代的に再定義し、一九八〇年にポーランドで結成された自主管理労働組合「連帯」など旧共産圏の民主化運動に影響を与えた。一九七〇年、英国のオックスフォード大学のフェローとなり、以降、同地を拠点にして執筆活動を行なう。主著『マルクス主義の主要潮流』（一九七六―一九七八年）のほか、寓話『ライロニア国物語』（一九六三年）なども手がけた。

＊41　**ライナー・マリア・リルケ**（一八七五―一九二六）　プラハ生まれのドイツ語詩人。ヨーロッパ各地を転々としたが、二度にわたってロシアを旅行し、『時禱詩集《じとう》』（一九〇五年）などの作品を残した。

＊42　**カジミエシュ・ブランディス**（一九一六―二〇〇〇）　ウッチのユダヤ系の家庭に生まれたポーランド作家。全四部からなる小説『戦争のはざまで』（一九四八―一九五一年）など、戦争を題材にする作品を多く発表した。一九八一年以降はポーランドの国外で暮らす。

＊43　**アンナ・アフマートヴァ**（一八八九―一九六六）　二十世紀ロシアを代表する詩人の一人。生涯にわたって、言論弾圧、検閲に悩まされた。代表作『レクイエム』は、元夫の銃殺、息子の収容所体験などを題材にし、一九三五年から一九六一年にかけて断続的に書きつがれた。

＊44　**ニコライ・ゴーゴリ**（一八〇九―一八五二）　ロシアのリアリズム小説の創始者の一人とされるが、『鼻』（一八三六年）、『外套《がいとう》』（一八四二年）など、独特の「笑い」によって特徴づけられる。

＊45　**ミハイル・サルトゥイコフ＝シチェドリン**（一八二六―一八八九）　ロシアの作家。風刺小説の書

き手として知られ、代表作『ある町の歴史』（一八六九―一八七〇年）では、架空の町を題材にして、ロシアの同時代人に対する痛烈な風刺を繰り広げた。

＊46　**レオシュ・ヤナーチェク**（一八五四―一九二八）　モラヴィア出身の音楽家。発話旋律を採り入れた楽曲を多数手がける。親ロシア主義者で、オストロフスキー（『カーチャ・カバノヴァー』）、ドストエフスキー（『死者の家から』）らロシア文学を題材にしたオペラを複数発表している。クンデラは「もしだれかが、なにによって祖国というものがわたしの審美的遺伝子に恒久的に刻まれているのか尋ねるとしたら、わたしはためらうことなく、ヤナーチェクの音楽によって、と答えることだろう」（『邂逅』一六七頁）と述べ、ことあるごとにヤナーチェクを論じている。

＊47　**エミール・シオラン**（一九一一―一九九五）　トランシルヴァニアのルーマニア人家庭に生まれた。一九三七年、奨学金を得て渡仏。以降、パリで執筆活動を続ける。小民族の文化についても独自の視点から考察を進めており、例えば「小文化の悲劇」には以下のような一節がある――「小文化に価値があるとすればそれはただ、小文化がその法を廃棄し、没個性という拘束衣で自分を縛る有罪判決を回避しようとするその限りでのことだ。生の法は文化の大小によって異なる。大文化は花のように育ち、みずからの偉大さを目指して自然に成長する。フランスは自分が偉大であることなどつゆ知らなかったが、それというのもフランスはつねに偉大であったからであり、またつねに偉大であると観じていたからである。劣等コンプレックスは、歴史的生のマイナーな形態に固有のものであり、その生成は、範例がなければ、原型がなければ考えられない」（シオラン『ルーマニアの変容』金井裕訳、法政大学出版局、

二〇一三年、八〇頁)。

＊48　ジョウゼフ・コンラッド（一八五七—一九二四）　ポーランド名はユゼフ・コンラット・コジェニョフスキ。ロシア帝国ベルディーチウ（現・ウクライナ）生まれ。フランス・英国船の船員となり、英語を習得。『闇の奥』など数多くの小説を英語で執筆。

＊49　アストルフ・ド・キュスティーヌ（一七九〇—一八五七）　貴族の家系に生まれたフランスの旅行記作家、外交官。ここでの引用は、主著である『一八三九年のロシア』（一八四三年）より。

＊50　トマーシュ・ガリッグ・マサリク（一八五〇—一九三七）　チェコの哲学者、政治家。一九一八年に建国されたチェコスロヴァキア共和国の初代大統領。プラハ大学の教授として、自殺に関する論考などを発表する一方、コメンスキー、フス、ハヴリーチェクなどチェコの文化人の活動を検討する著作も多数残した。著書『チェコ問題』（一八九五年）は、そのような文脈においてチェコ史の意義を問いかけるものであり、クンデラの「小民族」の議論とも呼応する点が見られる。

＊51　ジョージ・ミケシュ（ジョージ・マイクス、一九一二—一九八七）　ハンガリーに生まれ、一九三八年に渡英以後、英国のジャーナリスト、作家として活躍。ユーモアを交えた作品を多数執筆。一九四六年刊の『どうやったら外国人になれるか』はかれの代表作。

＊52　アルノルト・シェーンベルク（一八七四—一九五一）　オーストリアの作曲家。ハンガリー出身の父とプラハ出身の母のユダヤ系家庭に生まれた。無調音楽を経て十二音音楽の技法を創始したことで一般的には知られる。だがクンデラはかれの中欧的な文脈に関心を寄せ、聖譚曲《せいたんきょく》「ワルシャワの生き残

り」について「かつて音楽が〈ホロコースト〉にささげた最高の記念碑なのである」（「シェーンベルクの忘却」、『邂逅』一九九頁）と述べている。

＊53　**バルトーク・ベラ**（一八八一―一九四五）　ハンガリーの作曲家。ハンガリーやスロヴァキアなどの民謡を収集・研究し、民謡研究と西欧芸術音楽の融合を試みた。

＊54　**ローベルト・ムージル**（一八八〇―一九四二）　オーストリアのクラーゲンフルト生まれの小説家。十代前半で家族とともにブルノに引っ越し、陸軍実科学校、工科大学に通う。代表作『特性のない男』で主人公ウルリヒと妹アガーテの重要な出会いがあった場所について、クンデラは「あなたがたはそれを知ることはできないが、それはチェコ語でブルノ、ドイツ語でブリューンという町だ。いくつかの細部からそうだと容易にわかるのは、私がそこで生まれたからである」（『カーテン　7部構成の小説論』西永良成訳、集英社、二〇〇五年、八二頁）と断言している。

＊55　**ヘルマン・ブロッホ**（一八八六―一九五一）　ウィーン生まれの作家。クンデラは『小説の技法』で、ブロッホの代表作『夢遊の人々』（一九三一―一九三二年）を取り上げた際、次のように述べ、その小説を高く評価している――「したがって、ブロッホの観点からすれば、「多歴史主義《ポリイストリック》」という言葉は次のことを意味する。すなわち、「ただ小説だけが発見できるもの」、つまり人間の存在を解明するために、あらゆる知的な方法とあらゆる詩的な形式を動員するということだ」（『小説の技法』西永良成訳、岩波文庫、二〇一六年、九四―九五頁）。

＊56　**ブルーノ・シュルツ**（一八九二―一九四二）　ドロホビチ（現・ウクライナ）出身のユダヤ系ポー

ランド語作家。『肉桂色《にっけいいろ》の店』（一九三三年）、『砂時計サナトリウム』（一九三七年）など、幻想的な作品を執筆。カフカとの類似性も指摘される。版画家としても作品を残した。

＊57 **スタニスワフ・イグナツィ・ヴィトキェーヴィチ**（一八八五―一九三九） ポーランドの作家、劇作家、画家、写真家。通称ヴィトカツィ。ポーランド前衛芸術の代表的人物として多面的な活動を見せた。とりわけ戯曲を通して「純粋形式」を探究し、その作品はのちに不条理演劇と評された。

＊58 **フランツ・ヨーゼフ・ハイドン**（一七三二―一八〇九） オーストリアの作曲家。ウィーン前古典派を代表する音楽家。

＊59 **フランツ・リスト**（一八一一―一八八六） ハンガリー出身の作曲家、ピアノ奏者。ウィーンやパリなどで活躍した。

＊60 **ヤン・ムカジョフスキー**（一八九一―一九七五） チェコの美学者、文学者。プラハ言語学サークルの中心メンバーとして、文学作品の分析に記号論的手法を導入したり、芸術作品の社会的機能を強調するなど、構造主義美学の主要な理論家となる。戦後、カレル大学学長、チェコ文学研究所所長を務めたものの、社会主義体制下において戦前の理論を展開することは叶わなかった。

＊61 **ジークムント・フロイト**（一八五六―一九三九） 両親はガリツィア（現・ウクライナ西部）出身のユダヤ人。モラヴィアのフライベルク（現・チェコのプシーボル）で生まれる。一八六〇年、フロイト一家はウィーンへ移住。その後、オーストリアの精神科医として世界的に知られるようになる。

＊62 **エドムント・フッサール**（一八五九―一九三八） 現象学を代表する哲学者。ユダヤ系の両親のも

とで、モラヴィアのプロスニッツ（現・チェコのプロスチェヨフ）に生まれた。一九三五年、ウィーンとプラハで行なったヨーロッパ的人間性の危機に関する講演は、クンデラの著作『小説の技法』の一つの出発点となっている。

＊63 **グスタフ・マーラー**（一八六〇―一九一一） イーグラフ（現・チェコのイフラヴァ）近郊のカリシュト（同、カリシュチェ）の生まれ。プラハのギムナジウムに通ったのち、ウィーン音楽院に入学。以降、作曲家、指揮者として頭角を現す。一八八五―一八八六年には、プラハのドイツ劇場の指揮者を務めている。一九〇二年、若い作曲家アルマ・シントラーと結婚。

＊64 **ヨーゼフ・ロート**（一八九四―一九三九） ユダヤ系ドイツ語作家。オーストリア＝ハンガリー帝国東部国境の町ブロディ（現・ウクライナ）生まれ。長篇『ラデツキー行進曲』（一九三二年）など多民族国家の没落を題材にした作品を著す一方で、『放浪のユダヤ人』（一九二七年）など、ユダヤ人の運命を題材にした文章も残した。

＊65 **ユリウス・ゼイエル**（一八四一―一九〇一） 母はユダヤ系ドイツ語話者だったが、チェコ人の乳《う》母《ば》からチェコ語を学び、詩人、作家として活躍した。歴史物から幻想的な作品まで多様な作品を執筆し、小説『権八と小紫』（一八八四年）といった日本趣味の小説も著した。

＊66 **ヘルマン・カフカ**（一八五二―一九三一） 南ボヘミアのヴォセクのユダヤ系家庭に生まれる。幼少期は家庭でチェコ語を話したが、プラハに移住後は子供たちをドイツ語の学校に通わせた。プラハを代表するドイツ語作家となった長男フランツとの確執は、『父への手紙』から窺い知ることができる。

＊67　デーリ・ティボル（一八九四―一九七七）　ハンガリーの小説家、詩人。クンデラはかれの散文について、「ブダペストの虐殺のあと投獄されたこの作家の散文のいくつかは、私にとってはスターリン主義にたいする非＝プロパガンダ的な、最初の文学的な大きな返答だった」と述べている（『裏切られた遺言』西永良成訳、集英社、一九九四年、二六四頁）。

＊68　ダニロ・キシュ（一九三五―一九八九）　ユダヤ系の家庭に生まれた旧ユーゴスラヴィアの作家。一九七九年にフランスに亡命し、一九八九年パリで他界。「中欧」の概念に反応し、いくつか文章を残している。「中央ヨーロッパの主題の変奏」（一九八六年）では、次のように定義している――「はっきりとした境界はなく、一つの中心地があるわけでもなく、中心地が複数あるわけでもない。今日、「中央ヨーロッパ」は、アナトール・フランスの二巻目（『ペンギンの島』）に登場するアルカの竜、象徴主義運動に比較されたあの竜にますます似てきた。すなわち、姿を見たと信じている者のなかで、それがどういう姿をしているのか言うことができる者が一人もいないのだ」（奥彩子『境界の作家　ダニロ・キシュ』松籟社、二〇一〇年、三二五頁）。

＊69　フランツ・ヴェルフェル（一八九〇―一九四五）　プラハ生まれのドイツ語作家。ヴェルディのオペラをドイツ語に翻訳したほか、表現主義的な詩集や散文を執筆。『バルバラあるいは敬虔《けいけん》』（一九二九年）ではチェコ人の乳母が題材になっている。一九二九年、マーラーの寡婦アルマと結婚。一九三八年、ドイツによるオーストリア合邦（アンシュルス）ののち、フランス、そしてアメリカに渡る。

＊70　アンガージュマン　本来はフランス語で「契約」「拘束」を意味する。第二次世界大戦後、サルト

ルによって、知識人、作家らによる社会・政治問題への積極的な関与の意味で用いられるようになる。

訳者あとがき

＊71　ミラン・クンデラ『笑いと忘却の書』西永良成訳、集英社文庫、二〇一三年、一五頁。
＊72　アントニーン・リーム『三つの世代』飯島周訳、みすず書房、一九七〇年、一五四頁。
＊73　一九四八年二月、共産党の大臣が行なった警察人事をめぐり、非共産党の閣僚が抗議の意志を示すために、辞表を提出する。ベネシュ大統領は辞表の受理を拒むと想定したうえでの抗議だったが、ソ連の介入の可能性などが高まり、ベネシュは辞表を受理し、以降、実質的に共産党による政権が誕生することとなった。クンデラの『笑いと忘却の書』はまさに当時の様子から始まっている——「一九四八年二月、共産党指導者クレメント・ゴットワルトは、プラハのバロック様式の宮殿のバルコニーに立ち、旧市街の広場に集まった数十万の市民に向かって演説した。それはボヘミアの歴史の一大転回点、千年に一、二度あるかないかの運命的な瞬間だった」(『笑いと忘却の書』六頁)。
＊74　『笑いと忘却の書』は、当時の粛清が作品の背景となっており、二人の処刑と若者たちの距離がダンスを通して象徴的に描かれている。「一九五〇年六月のことで、その前日に、ミラダ・ホラーコヴァーが絞首刑にされていた。彼女は社会党の代議士だったが、共産党の法廷で反国家的策謀の罪に問われたのだった。アンドレ・ブルトンとポール・エリュアールの友人でチェコのシュルレアリスト、ザヴィス・カランドラが彼女と同時に絞首刑にされた。そのとき踊っていた若いチェコ人たちは、前日同じ街

で、ひとりの女性とひとりのシュルレアリストが首吊り用の綱の先で揺れていたのを知っていた。だからこそ、彼らはますます熱狂して踊っていたのだ。なぜなら彼らのダンスは、人民と人民の期待とを裏切って絞首刑にされたふたりの罪深い腹黒さと鮮やかな対照をなす、無垢のあらわれだったから」(『笑いと忘却の書』一一〇頁)。

＊75　ミラン・クンデラ『生は彼方に』西永良成訳、ハヤカワepi文庫、二〇〇一年、四六〇頁。

＊76　安部公房『安部公房全集7』新潮社、一九九八年、五〇頁。

＊77　ミラン・クンデラ『存在の耐えられない軽さ』千野栄一訳、集英社文庫、一九九八年、三六―三七頁。

＊78　ミラン・クンデラ『カーテン』五五頁。

＊79　同前、五八頁。

＊80　ヨゼフ・クロウトヴォル『中欧の詩学　歴史の困難』石川達夫訳、法政大学出版局、二〇一五年、五頁。

＊81　Alain Finkielkraut, «Comment je suis devenu Kundérien», *Revue des Deux Mondes*, Mars 2020, p. 25.

＊82　プレドラグ・マトヴェイェーヴィチ「中央ヨーロッパの幻想」、『旧東欧世界　祖国を失った一市民の告白』土屋良二訳、未來社、二〇〇〇年、六七―八二頁。ハントケの発言は同書六九頁。

＊83　一九八八年五月、リスボンで開かれた国際作家大会でロシアと中欧の作家が多数参加したラウンド

テーブルが開催されたが、タチヤーナ・トルスタヤ、ヨシフ・ブロツキーらロシア出身の作家たちは公然とクンデラの中欧論に異議を呈している。詳細は、以下を参照（The Lisbon Conference on Literature: A Round Table of Central European and Russian Writers, *Cross Currents* Vol. 9, 1990, pp. 75-124.）。

*84 ジャック・ルプニク『「中央ヨーロッパ」を求めて　東欧革命の根源を探る』浦田誠親訳、時事通信社、一九九〇年、二一頁。

*85 ジャック・ル・リデー『中欧論　帝国からＥＵへ』田口晃・板橋拓己訳、白水社文庫クセジュ、二〇〇四年、七頁。

*86 オルガ・トカルチュク「「中欧」の幻影《ファントム》は文学に映し出される　中欧小説は存在するか」久山宏一訳、『優しい語り手　ノーベル文学賞記念講演』岩波書店、二〇二一年、五一―一〇二頁。

*87 ミラン・クンデラ『カーテン』四三頁。

*88 ミラン・クンデラ『小説の技法』五八頁。

*89 ミラン・クンデラ『緩やかさ』西永良成訳、集英社文庫、二〇二四年、一〇三頁。

*90 ミラン・クンデラ『邂逅』一四一頁。

編集協力／集英社クリエイティブ

ミラン・クンデラ
チェコ生まれ。一九七五年よりフランスに住む。二〇二三年没。

阿部賢一（あべ けんいち）
一九七二年、東京生まれ。東京大学大学院人文社会系研究科教授。『翻訳とパラテクスト ユングマン、アイスネル、クンデラ』（人文書院）で第七六回読売文学賞（評論・伝記賞）受賞。著書・訳書多数。

誘拐《ゆうかい》された西欧《せいおう》、あるいは中欧《ちゅうおう》の悲劇《ひげき》

二〇二五年四月二二日 第一刷発行

集英社新書一二六一F

著者……ミラン・クンデラ 訳者……阿部賢一《あべけんいち》
発行者……樋口尚也
発行所……株式会社集英社
東京都千代田区一ッ橋二-五-一〇 郵便番号一〇一-八〇五〇
電話 〇三-三二三〇-六三九一（編集部）
〇三-三二三〇-六〇八〇（読者係）
〇三-三二三〇-六三九三（販売部）書店専用
装幀……原 研哉
印刷所……TOPPANクロレ株式会社
製本所……株式会社ブックアート
定価はカバーに表示してあります。

ISBN 978-4-08-721361-4 C0298

a pilot of wisdom